COLECCIÓN
MISTERIO

La máquina del tiempo

H.G. WELLS

TRADUCCIÓN: BENJAMIN BRIGGENT

Plutón
Ediciones

© Plutón Ediciones X, s. l., 2024

Diseño de cubierta: Luiz Guimarães
Maquetación: Saul Rojas

Edita: Plutón Ediciones X, s. l.,

           E-mail: contacto@plutonediciones.com
           http://www.plutonediciones.com

Impreso en España / Printed in Spain

I.S.B.N: 978-84-19651-70-9
Depósito Legal: B-143-2024

Estudio Preliminar

Herbert George Wells nació en 1866 en Bromley, un pueblo cercano a Londres, Inglaterra. La situación económica de la familia lo obligó a obtener diferentes trabajos muy duros que, gracias al esfuerzo y tras varios accidentes, le permitirían matricularse en una escuela nocturna. Sentía mucho interés por el conocimiento científico del momento, y su pasión por los estudios le merecieron ganar una beca para realizar sus estudios superiores en el *Royal College of Science* de Londres, donde, tras varios años, conseguiría graduarse como Doctor en Biología.

Thomas H. Huxley, un eminente fisiólogo y abuelo de Aldous Huxley, fue uno de sus profesores. En esta época, y ya casado, continúa teniendo graves problemas económicos, razón por la que hace cursos en la Escuela Normal, da clases en una escuela media, así como clases particulares, colabora con varias revistas y periódicos y, además, se dedicaba a la investigación, todo esto sin dejar de lado su escritura. Debido a este sobreesfuerzo, su salud se ve resentida y contrae tuberculosis.

Esto lo lleva a dejar la docencia y a dedicarse por completo a la escritura. Ya había publicado su primera obra por entregas, *Los eternos argonautas,* pero es cuando el editor de la revista funda una nueva publicación que pide a Wells que escriba una novela sensacional, pagando por adelantado. En poco tiempo, Wells, retoma el tema original de la primera historia y escribe *La máquina del tiempo,* que narra un viaje al futuro. Esta obra se convirtió en seguida en todo un éxito que le permitió disfrutar de una libertad económica largamente ansiada y a dedicarse por completo a escribir.

En todos sus escritos, Wells plasma sus convicciones y la preocupación por los problemas políticos y sociales de la época. Consideraba que la educación y la cultura eran las mejores herramientas para conseguir un cambio en la sociedad. Justamente, es su gran conocimiento de los posibles alcances de la ciencia, junto a la moralidad que refleja en sus obras, lo que hace que se le haya nombrado como el verdadero padre de la ciencia ficción.

Sus novelas *La guerra de los mundos* y *La máquina del tiempo*, siguen siendo consideradas, más de un siglo tras su publicación, entre las mejores novelas de ciencia ficción jamás escritas. Un reconocimiento más que merecido para uno de los escritores que mejor representa este género.

La máquina del tiempo

La máquina del tiempo (1895), fue la primera historia de ciencia ficción que popularizó la idea de los viajes en el tiempo. La novela cuenta la historia de un misterioso hombre que se hace llamar el Viajero del Tiempo, que construye una máquina que le permite moverse a través del tiempo y del espacio y las aventuras increíbles que vive gracias a su invento. Nacida de la especulación científica de una época, *La máquina del tiempo* y su temática marcarían la tendencia de la ciencia ficción por muchos años.

I
El inventor

El Viajero del Tiempo (pues convendrá llamarle así al hablar de él) nos exponía un asunto recóndito. Sus ojos grises brillaban lanzando centellas, y su rostro, habitualmente pálido, estaba encendido y animado. El fuego ardía fulgurante y el suave resplandor de las lámparas incandescentes, en forma de lirios de plata, se prendía en las burbujas que destellaban y subían dentro de nuestras copas. Nuestros sillones, que eran sus diseños, nos abrazaban y acariciaban en lugar de someternos a que nos sentásemos sobre ellos; y había allí esa lujosa atmósfera de sobremesa, cuando los pensamientos vuelan gráciles, libres de las trabas de la exactitud. Nos expuso el tema, señalando los puntos con su afilado índice, mientras que nosotros, sentados, admirábamos perezosamente su seriedad al hablar de aquella nueva paradoja (como la considerábamos) y su fecundidad.

—Deben ustedes seguirme con atención. Tendré que discutir una o dos ideas que son casi universalmente aceptadas. Por ejemplo, la geometría que les han enseñado en el colegio está basada en un concepto erróneo.

—¿No es un poco excesivo esto para empezar? —dijo Filby, un polémico personaje de pelo rojo.

—No pienso pedirles que acepten nada sin motivo razonable para ello. Pronto admitirán lo que necesito de ustedes. Saben, naturalmente, que una línea matemática de espesor nulo no tiene existencia real. ¿Les han enseñado esto? Tampoco la posee un plano matemático. Estas cosas son simples abstracciones.

—Esto está muy bien —dijo el Psicólogo.

—Ni teniendo solo longitud, anchura y espesor, puede un cubo tener una existencia real.

—Eso lo impugno —dijo Filby—. Un cuerpo sólido puede, por supuesto, existir. Todas las cosas reales...

—Eso cree la mayoría de la gente. Pero espere un momento, ¿puede un cubo "instantáneo" existir?

—No le sigo a usted —dijo Filby.

—¿Puede un cubo que no los tenga durar por algún tiempo, el que sea, o tener una existencia real?

Filby se quedó pensativo.

—Evidentemente —prosiguió el Viajero del Tiempo— todo cuerpo real debe extenderse en cuatro direcciones: debe tener longitud, anchura, espesor y... duración. Pero debido a una flaqueza natural de la carne, que les explicaré dentro de un momento, tendemos a olvidar este hecho. Existen, en realidad, cuatro dimensiones, tres a las que llamamos los tres planos del Espacio, y una cuarta, el Tiempo. Hay, sin embargo, una tendencia a establecer una distinción imaginaria entre las tres primeras dimensiones y la última, porque sucede que nuestra conciencia se mueve por intermitencias en una dirección a lo largo de la última desde el comienzo hasta el fin de nuestras vidas.

—Eso —dijo un muchacho muy joven, haciendo esfuerzos espasmódicos para encender de nuevo su cigarro encima de la lámpara—, eso... es, realmente, muy claro.

—Ahora bien, resulta notabilísimo que se olvide esto

con tanta frecuencia —continuó el Viajero del Tiempo en un ligero acceso de jovialidad—. Esto es lo que significa, en realidad, la Cuarta Dimensión, aunque ciertas gentes que hablan de la Cuarta Dimensión no sepan lo que es. Es solamente otra manera de considerar el Tiempo. No hay diferencia entre el Tiempo y cualquiera de las tres dimensiones, salvo que nuestra conciencia se mueve a lo largo de ellas. Pero algunos necios han captado el lado malo de esa idea. ¿No han oído todos ustedes lo que han dicho esas gentes acerca de la Cuarta Dimensión?

—Yo no —dijo el Alcalde de la provincia.

—Pues, sencillamente, esto. Del Espacio, tal como nuestros matemáticos lo entienden, se dice que tiene tres dimensiones, que pueden llamarse longitud, anchura y espesor, y que son siempre definibles por referencia a tres planos, cada uno de ellos en ángulo recto con los otros. Pero algunas mentes filosóficas se han preguntado: ¿por qué tres dimensiones, precisamente?, ¿por qué no otra dirección en ángulos rectos con las otras tres? E incluso han intentado construir una geometría de Cuatro Dimensiones. El profesor Simon Newcomb expuso esto en la Sociedad Matemática de Nueva York hace un mes, aproximadamente. Saben ustedes que, sobre una superficie plana que no tenga más que dos dimensiones, podemos representar la figura de un sólido de tres dimensiones, e igualmente creen que por medio de modelos de tres dimensiones representarían uno de cuatro, si pudiesen conocer la perspectiva de la cosa. ¿Comprenden?

—Creo que sí —murmuró el Alcalde de la provincia y, frunciendo las cejas se sumió en un estado de introversión, moviendo sus labios como quien repite unas palabras místicas—. Sí, creo que ahora le comprendo —dijo después de un rato, animándose de un modo completamente pasajero.

—Bueno, no tengo por qué ocultarles que vengo trabajando hace tiempo sobre esa geometría de las Cuatro Dimensiones. Algunos de mis resultados son curiosos. Por ejemplo, he aquí el retrato de un hombre a los ocho años, otro a los quince, otro a los diecisiete, otro a los veintitrés, y así sucesivamente. Todas estas son, sin duda, secciones, por decirlo así, representaciones tridimensionales de su ser de cuatridimensional, que es una cosa fija e inalterable.

—Los hombres de ciencia —prosiguió el Viajero del Tiempo, después de una pausa necesaria para la adecuada asimilación de lo anterior— saben muy bien que el Tiempo es únicamente una especie de Espacio. Aquí tienen un diagrama científico conocido, un indicador del tiempo. Esta línea que sigo con el dedo muestra el movimiento del barómetro. Ayer estaba así de alto, anoche descendió, esta mañana ha vuelto a subir y ha llegado suavemente hasta aquí. Con seguridad, el mercurio no ha trazado esta línea en las dimensiones del Espacio generalmente admitidas. Indudablemente, esa línea ha sido trazada, y por ello debemos inferir que lo ha sido a lo largo de la dimensión del Tiempo.

—Pero —dijo el Doctor, mirando fijamente arder el carbón en la chimenea—, si el Tiempo es tan solo una cuarta dimensión del Espacio, ¿por qué se le ha considerado siempre como algo diferente? Y ¿por qué no podemos movernos aquí y allá en el Tiempo como nos movemos en las otras dimensiones del Espacio?

El Viajero del Tiempo sonrió.

—¿Está usted seguro de que podemos movernos libremente en el Espacio? Podemos ir a la derecha y a la izquierda, hacia adelante y hacia atrás con bastante libertad, y los hombres siempre lo han hecho. Admito que nos movernos libremente en dos dimensiones. Pero ¿hacia arriba y hacia abajo? La gravitación nos limita ahí.

—No exactamente —dijo el Doctor—. Ahí tiene usted los globos.

—Pero antes de los globos, excepto en los saltos espasmódicos y en las desigualdades de la superficie, el hombre no tenía libertad para el movimiento vertical.

—Igual puede moverse un poco hacia arriba y abajo —dijo el Doctor.

—Con facilidad, con mayor facilidad hacia abajo que hacia arriba.

—Y usted no puede moverse de ninguna manera en el Tiempo, no puede huir del momento presente.

—Mi querido amigo, en eso es en lo que está usted equivocado. Eso es, justamente, en lo que el mundo entero se equivoca. Estamos escapando siempre del momento presente. Nuestras existencias mentales, que son inmateriales y que carecen de dimensiones, pasan a lo largo de la dimensión del Tiempo con una velocidad uniforme, desde la cuna hasta la tumba. Lo mismo que viajaríamos hacia abajo si empezásemos nuestra existencia cincuenta millas por encima de la superficie terrestre.

—Pero la gran dificultad es esta —interrumpió el Psicólogo—: puede usted moverse de aquí para allá en todas las direcciones del Espacio, pero no puede usted moverse de aquí para allá en el Tiempo.

—Ese es el origen de mi gran descubrimiento. Pero se equivoca usted al decir que no podemos movernos en el Tiempo. Por ejemplo, si recuerdo muy vivamente un incidente, retrocedo al momento en que ocurrió: me convierto en un distraído, como usted dice. Salto hacia atrás durante un momento. Naturalmente, no tenemos medios de permanecer en el pasado durante un lapso cualquiera, como tampoco un salvaje o un animal pueden sostenerse en el aire seis pies por encima de la tierra. Pero el hombre civilizado está en mejores condiciones que el salvaje en ese aspecto. Puede elevarse en un globo pese a la gravitación; y ¿por qué no ha de poder esperarse que, al final, sea capaz de detener o de acelerar su impulso a lo largo de la dimensión del Tiempo, o incluso de dar la vuelta y de viajar en el otro sentido?

—¡Oh! Eso... —comentó Filby— es...

—¿Por qué no? —dijo el Viajero del Tiempo.

—Eso va contra la razón —terminó Filby.

—¿Qué razón? —dijo el Viajero del Tiempo.

—Puede usted, con sus argumentos, demostrar que lo negro es blanco —dijo Filby—, pero no me convencerá usted nunca.

—Es posible —replicó el Viajero del Tiempo—. Pero ahora empieza usted a conocer el objeto de mis investigaciones en la geometría de Cuatro Dimensiones. Hace mucho que tenía yo un vago vislumbre de una máquina...

—¡Para viajar a través del Tiempo! —exclamó el Muchacho Muy Joven.

—Que viaje, indistintamente, en todas las direcciones del Espacio y del Tiempo, como decida el conductor de ella.

Filby se alegró, riendo.

—He hecho verificaciones experimentales —dijo el Viajero del Tiempo.

—Eso sería muy conveniente para el historiador —sugirió el Psicólogo—. ¡Se podría viajar hacia atrás y confirmar el relato de la batalla de Hastings, por ejemplo!

—¿No cree usted que eso atraería la atención? —dijo el Doctor—. Nuestros antepasados no tenían una gran tolerancia por los anacronismos.

—Podría uno aprender el griego de los propios labios de Homero y de Platón —sugirió el Muchacho Muy Joven.

—En cuyo caso le suspenderían a usted con seguridad en el primer curso. Los sabios alemanes han mejorado tanto el griego.

—Entonces, ahí está el porvenir —dijo el Muchacho Muy Joven—. ¡Figúrense! ¡Podría uno invertir todo su dinero, dejar que se acumulase con los intereses, y lanzarse hacia adelante!

—A descubrir una sociedad —dije yo— asentada sobre una base estrictamente comunista.

—¡De todas las teorías disparatadas y extravagantes! —comenzó el Psicólogo.

—Sí, eso me parecía, por lo cual no he hablado nunca de esto hasta...

—¿Verificación experimental? —exclamé—. ¿Va usted a experimentar eso?

—¡El experimento! —exclamó Filby, que tenía el cerebro fatigado.

—Déjenos presenciar su experimento —dijo el Psicólogo—, aunque bien sabe usted que es todo patraña.

El Viajero del Tiempo nos sonrió a todos, o, sonriendo aún levemente y con las manos hundidas en los bolsillos de sus pantalones, salió despacio de la habitación y oímos sus zapatillas arrastrarse por el largo corredor hacia su laboratorio.

El Psicólogo nos miró.

—Y yo pregunto: ¿qué es lo que tiene?

—Algún juego de manos, o cosa parecida —dijo el Doctor; y Filby intentó hablarnos de un prestidigitador que había visto en Burlesm; pero antes de que hubiese terminado su exordio, el Viajero del Tiempo volvió y la anécdota de Filby fracasó.

La cosa que el Viajero del Tiempo tenía en su mano era una brillante armazón metálica, apenas más grande que un relojito y confeccionada muy delicadamente. Había en aquello marfil y una sustancia cristalina y transparente. Y ahora debo ser explícito, pues lo que sigue —a menos que su explicación sea aceptada— es algo absolutamente inadmisible. Cogió él una de las mesitas octogonales que había esparcidas alrededor de la habitación y la colocó enfrente de la chimenea, con dos patas sobre la alfombra. Sobre esta mesa puso la máquina. Luego acercó una silla y se sentó. El otro objeto que había sobre la mesa era una lamparita con pantalla, cuya brillante luz daba de lleno sobre aquella cosa. Había allí también una docena de bujías aproximadamente, dos en candelabros de bronce sobre la repisa de la chimenea y otras varias en brazos de metal, así es que la habitación estaba profusamente iluminada. Me senté en un sillón muy cerca del fuego y lo arrastré hacia adelante, para estar casi entre el Viajero del Tiempo y la chimenea. Filby se sentó detrás de él, mirando por encima de su hombro. El Doctor y el Alcalde de la provincia le observaban de perfil desde la derecha, y el Psicólogo desde la izquierda. El Muchacho Muy Joven se erguía detrás del Psicólogo. Estábamos todos sobre aviso. Me parece increíble que cualquier clase de treta, aunque sutilmente ideada y realizada con destreza, nos hubiese engañado en esas condiciones.

El Viajero del Tiempo nos contempló, y luego a su máquina.

—Bien, ¿y qué? —dijo el Psicólogo.

—Este pequeño objeto —dijo el Viajero del Tiempo, acodándose sobre la mesa y juntando sus manos por encima del aparato— es solo un modelo. Es mi modelo de una máquina para viajar a través del tiempo. Advertirán ustedes que parece singularmente ambigua y que esta varilla rutilante presenta un extraño aspecto, como si fuese en cierto modo irreal —y la señaló con el dedo—. He aquí, también, una pequeña palanca blanca, y ahí otra.

El Doctor se levantó de su asiento y escudriñó el interior de la cosa.

—Está esmeradamente hecho —dijo.

—He tardado dos años en construirlo —replicó el Viajero del Tiempo.

Luego, cuando todos hubimos imitado el acto del Doctor, aquel dijo:

—Ahora quiero que comprendan ustedes claramente que esta palanca, al ser apretada, envía la máquina a planear en el futuro, y esta otra invierte el movimiento. Este soporte representa el asiento del Viajero del Tiempo. Dentro de poco voy a mover la palanca, y la máquina partirá. Se desvanecerá. Se adentrará en el tiempo futuro, y desaparecerá. Mírenla a gusto. Examinen también la mesa, y convénzanse ustedes de que no hay trampa. No quiero desperdiciar este modelo y que luego me digan que soy un charlatán.

Hubo una pausa de aproximadamente un minuto. El Psicólogo pareció que iba a hablarme, pero cambió de idea, y el Viajero del Tiempo adelantó su dedo hacia la palanca.

—No —dijo de repente—. Deme su mano.

Y, volviéndose hacía el Psicólogo, le cogió la mano y le dijo que extendiese el índice. De modo que fue el propio Psicólogo quien envió el modelo de la Máquina del Tiempo hacia su interminable viaje. Vimos todos bajarse la palanca. Estoy completamente seguro de que no hubo engaño. Sopló una ráfaga de aire, y la llama de la lámpara se inclinó. Una de las bujías de la repisa de la chimenea se apagó y la maquinita giró en redondo de pronto, se hizo indistinta, la vimos como un fantasma durante un segundo quizá, como un remolino de cobre y marfil brillando débilmente; y partió... ¡se desvaneció! Salvo la lámpara, la mesa estaba desnuda.

Todos permanecimos silenciosos durante un minuto, hasta que Filby maldijo.

El Psicólogo salió de su estupor y miró repentinamente de la mesa, ante lo cual el Viajero del Tiempo rio jovialmente.

—Bueno, ¿y qué? —dijo, rememorando al Psicólogo. Después se levantó, fue hacia el bote de tabaco que estaba sobre la repisa de la chimenea y, de espaldas a nosotros, empezó a llenar su pipa.

Nos mirábamos unos a otros con asombro.

—Dígame —preguntó el Doctor—: ¿ha hecho usted esto en serio? ¿Cree usted seriamente que esa máquina viajará a través del tiempo?

—Con toda certeza —contestó el Viajero del Tiempo, deteniéndose para prender una cerilla en el fuego. Luego se volvió, encendiendo su pipa, para mirar al Psicólogo de frente. (Este, para demostrar que no estaba trastornado, cogió un cigarro e intentó encenderlo sin cortarle la punta)—. Es más, tengo ahí una gran máquina casi terminada —y señaló hacia el laboratorio—, y cuando esté montada por completo, pienso hacer un viaje por mi propia cuenta.

—¿Quiere usted decir que esa máquina ha viajado hacia el futuro? —dijo Filby.

—Hacia el futuro o hacia el pasado..., no lo sé con seguridad.

Después de una pausa el Psicólogo tuvo una inspiración.

—De haber ido a alguna parte, habrá sido al pasado —dijo.

—¿Por qué? —preguntó el Viajero del Tiempo.

—Porque supongo que no se ha movido en el espacio; si viajase por el futuro aún estaría aquí en este momento, puesto que debería viajar por el momento presente.

—Pero —dije yo—, si viajase por el pasado, hubiera sido visible cuando entramos antes en esta habitación; y el jueves último cuando estuvimos aquí; y el jueves anterior a ese, ¡y así sucesivamente!

—Serias objeciones —observó el Alcalde de la provincia con aire de imparcialidad, volviéndose hacia el Viajero del Tiempo.

—Nada de eso —dijo este, y luego, dirigiéndose al Psicólogo—: piénselo. Usted puede explicar esto. Ya sabe usted que hay una representación bajo el umbral, una representación diluida.

—En efecto —dijo el Psicólogo, y nos tranquilizó—, es un simple punto de psicología. Debería haber pensado en ello. Es bastante claro y sostiene la paradoja deliciosamente. No podemos ver ni podemos apreciar esta máquina como tampoco podemos ver el rayo de una rueda en plena rotación, o una bala volando por el aire. Si viaja a través del tiempo cincuenta o cien veces más de prisa que nosotros, si recorre un minuto mientras nosotros un segundo, la impresión producida será, naturalmente, tan solo una quincuagésima o una centésima parte de lo que sería si no viajase a través del tiempo. Está bastante claro.

Pasó su mano por el sitio donde había estado la máquina.

—¿Comprenden ustedes? —dijo riendo.

Seguimos sentados mirando fijamente la mesa vacía durante casi un minuto. Luego el Viajero del Tiempo nos preguntó qué pensábamos de todo aquello.

—Me parece bastante plausible esta noche —dijo el Doctor—; pero hay que esperar hasta mañana. De día se ven las cosas de distinto modo.

—¿Quieren ustedes ver la auténtica Máquina del Tiempo? —preguntó el Viajero del Tiempo.

Y, dicho esto, cogió una lámpara y mostró el camino a través del largo y oscuro corredor hacia su laboratorio. Recuerdo vivamente la luz vacilante, la silueta de su extraña cabeza, la danza de las sombras, cómo le seguíamos perplejos pero incrédulos, y cómo allí, en el laboratorio, contemplamos una reproducción en gran tamaño de la maquinita que habíamos visto desvanecerse ante nuestros ojos. Tenía partes de níquel, de marfil, otras que habían sido indudablemente limadas o aserradas de un cristal de roca. La máquina estaba casi completa, pero unas barras de cristal retorcido sin terminar estaban colocadas sobre un banco de carpintero, junto a algunos planos. Cogí una para examinarla mejor: parecía ser de cuarzo.

—¡Vamos! —dijo el Doctor—. ¿Habla usted completamente en serio? ¿O es esto una burla... como ese fantasma que nos enseñó usted la pasada Navidad?

—Montado en esta máquina —dijo el Viajero del Tiempo, levantando la lámpara— me propongo explorar el tiempo. ¿Está claro? No he hablado tan en serio nunca en mi vida.

Ninguno sabíamos, en absoluto, cómo tomar aquello.

Capté la mirada de Filby por encima del hombro del Doctor, y me guiñó solemnemente un ojo.

II

EL VIAJERO DEL TIEMPO VUELVE

Creo que ninguno de nosotros creyó ni por un momento en la Máquina del Tiempo. El hecho es que el Viajero del Tiempo era uno de esos hombres demasiado inteligentes para ser creídos; con él se tenía la sensación de que nunca se le conocía por completo; sospechaba uno siempre en él alguna sutil reserva, alguna genialidad emboscada, detrás de su lúcida franqueza. De haber sido Filby quien nos hubiese enseñado el modelo y explicado la cuestión con las palabras del Viajero del Tiempo, le habríamos mostrado mucho menos escepticismo, porque hubiésemos comprendido sus motivos: un carnicero entendería a Filby. Pero el Viajero del Tiempo tenía más de un rasgo de fantasía entre sus elementos, y desconfiábamos de él. Cosas que hubieran hecho el marco de un hombre menos inteligente parecían supercherías en sus manos. Es un error hacer las cosas con demasiada facilidad. La gente seria que le tomaba en serio no se sentía nunca segura de su proceder; sabía en cierto modo que confiar sus reputaciones al juicio de él era como amueblar un cuarto para niños con loza muy fina. Por eso, no creo que ninguno de nosotros haya hablado mucho del viaje a través del tiempo en el intervalo entre aquel jueves y el siguiente, aunque sus extrañas capacidades cruzasen indudablemente por muchas de nuestras mentes: su plausibilidad, es decir, su incredibilidad práctica, las curiosas posibilidades de anacronismo y de completa confusión que sugería. Por mi parte, me preocupaba especialmente la treta del modelo. Recuerdo que lo discutí con el Doctor, a quien encontré el viernes en el Linnaean. Dijo que había visto una cosa parecida en Tübingen, e insistía mucho en el apagón de la bujía. Pero no podía explicar cómo se efectuaba el engaño.

El jueves siguiente fui a Richmond de nuevo —supongo que era yo uno de los más asiduos invitados del Viajero del Tiempo—, y como llegué tarde, encontré a cuatro o cinco hombres reunidos ya en su sala. El Doctor estaba de pie frente al fuego con una hoja de papel en una mano y su reloj en la otra. Busqué con la mirada al Viajero del Tiempo, y....

—Son ahora las siete y media —dijo el Doctor—. Creo que haríamos mejor en cenar.

—¿Dónde está... ? —dije yo, nombrando a nuestro anfitrión.

—¿Acaba usted de llegar? Ha ocurrido algo bastante extraño. Ha sufrido un retraso inevitable. Me pide en esta nota que empecemos a cenar a las siete si él no ha vuelto. Dice que lo explicará cuando llegue.

—Sería una lástima dejar que se estropee la comida —dijo el Editor de un diario muy conocido; y, al momento, el Doctor tocó el timbre.

El Psicólogo era la única persona, además del Doctor y yo, que había asistido a la comida anterior. Los otros concurrentes eran Blank, el mencionado Editor, cierto periodista y otro —un hombre tranquilo, tímido, con barba— a quien yo no conocía y que, por lo que pude observar, no despegó los labios en toda la noche. Se hicieron algunas conjeturas en la mesa sobre la ausencia del Viajero del Tiempo, y yo sugerí con humor semi-jocoso que estaría viajando a través del tiempo. El Editor del diario quiso que le explicasen aquello, y el Psicólogo le hizo, gustoso, un relato de «la ingeniosa paradoja y del engaño» de la que habíamos sido testigos días antes. Estaba en la mitad de su exposición cuando la puerta del corredor se abrió lentamente y sin ruido. Estaba yo sentado frente a dicha puerta y fui el primero en verlo.

—¡Hola! —dije—. ¡Por fin!

La puerta se abrió del todo y el Viajero del Tiempo se presentó ante nosotros. Lancé un grito de sorpresa.

—¡Cielo santo! ¿Qué pasó, amigo? —exclamó el Doctor, que lo vio después. Y todos los presentes se volvieron hacia la puerta.

Aparecía nuestro anfitrión en un estado asombroso. Su chaqueta estaba polvorienta y sucia, manchada de verde en las mangas, y su pelo enmarañado me pareció más gris, ya fuera por el polvo y la suciedad o porque hubiera, de hecho, perdido color. Tenía la cara atrozmente pálida y en su mentón un corte oscuro, a medio cicatrizar; su expresión era ansiosa y descompuesta como por un intenso sufrimiento. Durante un instante vaciló en el umbral, como si le cegase la luz. Luego entró en la habitación. Vi que andaba exactamente como un cojo que tiene los pies doloridos de vagabundear. Le mirábamos en silencio, esperando a que hablase.

No dijo una palabra, pero se acercó penosamente a la mesa e hizo un ademán hacia el vino. El Editor del diario llenó una copa de champaña y la empujó hacia él. La vació, pareciendo sentirse mejor. Miró a su alrededor, y la sombra de su antigua sonrisa fluctuó sobre su rostro.

—¿Qué ha estado usted haciendo bajo tierra, amigo mío? —dijo el Doctor.

El Viajero del Tiempo no pareció oír.

—No deje que le interrumpa —dijo, con vacilante pronunciación—. Estoy muy bien.

Se detuvo, tendió su copa para que la llenasen de nuevo y, cogiéndola, la volvió a vaciar.

—Esto sienta bien —dijo. Sus ojos grises brillaron, y un ligero color afloró a sus mejillas. Su mirada revoloteó sobre nuestros rostros con cierta apagada aprobación, y luego recorrió el cuarto caliente y confortable. Después habló de nuevo, como buscando su camino entre sus palabras—. Voy a lavarme y a vestirme, y luego bajaré y explicaré las cosas. Guárdenme un poco de ese carnero. Me muero de hambre y quisiera comer un poco.

Vio al Editor del diario, que rara vez iba a visitarlo, y le preguntó cómo estaba. El Editor empezó a hacer una pregunta.

—Le contestaré enseguida —dijo el Viajero del Tiempo—. ¡Estoy... raro! Todo marchará bien dentro de un minuto.

Dejó su copa, y fue hacia la puerta de la escalera. Noté de nuevo su cojera y el pesado ruido de sus pisadas y, levantándome en mi sitio, vi sus pies al salir. No llevaba en ellos más que unos calcetines harapientos y manchados de sangre. Luego la puerta se cerró tras él. Tuve intención de seguirle, pero recordé cuánto le disgustaba que se preocupasen por él. Durante un minuto, quizá, estuve ensimismado. Luego oí decir al Editor del diario: «Notable conducta de un eminente sabio», pensando (según solía) en epígrafes de periódicos Y esto volvió mi atención hacia la brillante mesa.

—¿Qué broma es esta? —dijo el Periodista—. ¿Es que ha estado haciendo de pordiosero aficionado? No lo entiendo.

Tropecé con los ojos del Psicólogo, y leí mi propia interpretación en su cara. Pensé en el Viajero del Tiempo cojeando penosamente al subir la escalera. Creo que nadie más había notado su cojera.

El primero en recobrarse por completo de su asombro fue el Doctor, que tocó el timbre para que sirviesen un plato caliente, el Viajero del Tiempo detestaba tener a los criados esperando durante la comida. En ese momento el Editor cogió su cuchillo y su tenedor con un gruñido, y el hombre silencioso siguió su ejemplo. La cena se reanudó. Durante un breve rato la conversación fue una serie de exclamaciones, con pausas de asombro; y luego el Editor mostró una vehemente curiosidad.

—¿Aumenta nuestro amigo su modesta renta pasando a gente por un vado? ¿O tiene fases de Nabucodonosor? —pregunto.

—Estoy seguro de que se trata del tema este de la Máquina del Tiempo —dije, y reanudé el relato del Psicólogo de nuestra reunión anterior. Los nuevos invitados se mostraron francamente incrédulos. El Editor del diario planteaba objeciones.

—¿Qué era aquello del viaje por el tiempo? ¿No puede un hombre cubrirse él mismo de polvo revolcándose en una paradoja?

Y luego, como la idea tocaba su fibra sensible, recurrió a la caricatura. ¿No había ningún cepillo de ropa en el futuro? El Periodista tampoco quería creer aquello, y se unió al Editor en la fácil tarea de tachar de ridícula la cuestión entera. Ambos eran de esa nueva clase de periodistas jóvenes muy alegres e irrespetuosos.

—Nuestro corresponsal especial para los artículos de pasado mañana... —estaba diciendo el Periodista (o más bien gritando) cuando el Viajero del Tiempo volvió. Se había vestido de etiqueta y nada, salvo su mirada ansiosa, quedaba del cambio que me había sobrecogido.

—Dígame —preguntó riendo el Editor—, ¡estos muchachos cuentan que ha estado usted viajando ¡por la mitad de la semana próxima! Díganos todo lo referente al pequeño Rosebery, ¿quiere? ¿Cuánto pide usted por la serie de artículos?

El Viajero del Tiempo fue a sentarse al sitio reservado para él sin pronunciar una palabra. Sonrió tranquilamente a su antigua manera.

—¿Dónde está mi carnero? —dijo—. ¡Qué placer este de clavar de nuevo un tenedor en la carne!

—¡Cuente! —exclamó el Editor.

—¡Maldito cuento! —dijo el Viajero del Tiempo—. Quiero comer algo. No diré una palabra hasta que haya introducido un poco de peptona en mis arterias. Gracias. Y la sal.

—Una palabra —dije yo—. ¿Ha estado usted viajando a través del tiempo?

—Sí —dijo el Viajero del Tiempo con la boca llena, asintiendo con la cabeza.

—Pago la línea a un chelín por una reseña al pie de la letra —dijo el Editor del diario.

El Viajero del Tiempo empujó su copa hacia el Hombre Silencioso y la golpeó con la uña, a lo cual el Hombre Silencioso, que lo estaba mirando fijamente a la cara, se estremeció convulsivamente, y le sirvió vino. El resto de la cena transcurrió embarazosamente. Por mi parte, repentinas preguntas seguían subiendo a mis labios, y me atrevo a decir que a los demás les sucedía lo mismo. El Periodista intentó disminuir la tensión contando anécdotas de Hettie Potter. El Viajero dedicaba su atención a la comida, mostrando el apetito de un vagabundo. El Doctor fumaba un cigarrillo y contemplaba al Viajero del Tiempo con los ojos entornados. El Hombre Silencioso parecía más desmañado que de costumbre, y bebía

champaña con una regularidad y una decisión evidentemente nerviosas. Finalmente el Viajero del Tiempo
apartó su plato, y nos miró a todos.

—Creo que debo disculparme —dijo—. Estaba simplemente muerto de hambre. He pasado una temporada
asombrosa.

Alargó la mano para coger un cigarro, y le cortó la
punta.

—Pero vengan al salón de fumar. Es un relato demasiado largo para contarlo entre platos grasientos.

Y, tocando el timbre al pasar, nos condujo a la habitación contigua.

—¿Ha hablado usted a Blank, a Dash y a Chose de la
máquina? —me preguntó, echándose hacia atrás en su
sillón y nombrando a los tres nuevos invitados.

—Pero la máquina es una simple paradoja —dijo el
Editor.

—No puedo discutir esta noche. No tengo inconve-
niente en contarles la aventura, pero no puedo discutirla.
Quiero —continuó— relatarles lo que me ha sucedido,
si les parece, pero deberán abstenerse de hacer interrupciones. Necesito contar esto. Realmente. Gran parte de
mi relato les sonará a falso. ¡Que así sea! Es cierto (palabra por palabra) a pesar de todo. Estaba yo en mi laboratorio a las cuatro, y desde entonces... He vivido ocho
días... ¡Unos días como ningún ser humano los ha vivido
nunca antes! Estoy casi agotado, pero no dormiré hasta
que les haya contado esto a ustedes. Entonces me iré a
acostar. Pero ¡nada de interrupciones! ¿De acuerdo?

—De acuerdo —dijo el Editor, y los demás hicimos
eco: «De acuerdo.» Y con esto, el Viajero del Tiempo co-

menzó su relato tal como lo transcribo a continuación. Se echó hacia atrás en su sillón al principio, y habló como un hombre rendido. Después se mostró más animado. Al poner esto por escrito siento tan solo con mucha agudeza la insuficiencia de la pluma y la tinta y, sobre todo, mi propia insuficiencia para expresarlo con calidad. Supongo que lo leerán ustedes con la suficiente atención; pero no pueden ver al pálido narrador ni su franco rostro en el brillante círculo de la lamparita, ni oír el tono de su voz. ¡No pueden ustedes ver cómo su expresión seguía las fases de su relato! Muchos de sus oyentes estábamos en la sombra, pues las bujías del salón de fumar no habían sido encendidas, y únicamente estaban iluminadas la cara del Periodista y las piernas del Hombre Silencioso de las rodillas para abajo. Al principio nos mirábamos de vez en cuando unos a otros. Pasado un rato dejamos de hacerlo, y contemplamos tan solo el rostro del Viajero del Tiempo.

III

LA HISTORIA COMIENZA

«Ya he hablado a algunos de ustedes el jueves pasado de los principios de la Máquina del Tiempo, y mostrado el propio aparato tal como estaba entonces, sin terminar, en el taller. Allí está ahora, un poco fatigado por el viaje, realmente; una de las barras de marfil está agrietada y uno de los carriles de bronce, torcido; pero el resto sigue bastante firme. Esperaba haberlo terminado el viernes;

pero ese día, cuando el montaje completo estaba casi hecho, me encontré con que una de las barras de níquel era exactamente una pulgada más corta y esto me obligó a rehacerla; por eso el aparato no estuvo acabado hasta esta mañana. Fue, pues, a las diez de hoy cuando la primera de todas las Máquinas del Tiempo comenzó su carrera. Le di un último toque, probé todos los tornillos de nuevo, eché una gota de aceite más en la varilla de cuarzo y me senté en el soporte. Supongo que el suicida que mantiene una pistola contra su cráneo debe sentir la misma admiración por lo que va a suceder que experimenté yo entonces. Cogí la palanca de arranque con una mano y la de freno con la otra, apreté con fuerza la primera y, casi inmediatamente, la segunda. Me pareció tambalearme, tuve una sensación como de pesadilla de caída y, mirando alrededor, vi el laboratorio exactamente como antes. ¿Había ocurrido algo? Por un momento sospeché que mi intelecto me había engañado. Observé el reloj. Un momento antes, eso me pareció, marcaba un minuto o así después de las diez, ¡y ahora eran casi las tres y media!

»Respiré, apretando los dientes, así con las dos manos la palanca de arranque y partí con un crujido. El laboratorio se volvió brumoso y luego oscuro. La señora Watchett, mi ama de llaves, apareció y fue, al parecer sin verme, hacia la puerta del jardín. Supongo que necesitó un minuto o así para cruzar ese espacio, pero me pareció que iba disparada a través de la habitación como un cohete. Empujé la palanca hasta su posición extrema. La noche llegó como se apaga una lámpara, y en otro momento vino la mañana. El laboratorio se tornó desvaído y brumoso, y luego cada vez más desvaído. Llegó la noche de mañana, después el día de nuevo, otra vez la noche; luego volvió el día, y así sucesivamente más y más de prisa. Un murmullo vertiginoso llenaba mis oídos y una extraña, silenciosa confusión descendía sobre mi mente.

»Temo no poder transmitir las peculiares sensaciones del viaje a través del tiempo. Son extremadamente desagradables. Se experimenta una sensación sumamente parecida a la que se tiene en las montañas rusas zigzagueantes (¡un irresistible movimiento como si se precipitase uno de cabeza!). Sentí también la misma horrible anticipación de inminente aplastamiento. Cuando emprendí la marcha, la noche seguía al día como el aleteo de un ala negra. La oscura percepción del laboratorio pareció ahora debilitarse en mí, y vi el sol saltar rápidamente por el cielo, brincando a cada minuto, y cada minuto marcando un día. Supuse que el laboratorio había quedado destruido y que estaba yo al aire libre. Tuve la oscura impresión de hallarme sobre un andamiaje, pero iba ya demasiado de prisa para tener conciencia de cualquier cosa movible. El caracol más lento que se haya nunca arrastrado se precipitaba con demasiada velocidad para mí. La centelleante sucesión de oscuridad y de luz era sumamente dolorosa para los ojos. Luego, en las tinieblas intermitentes, vi la luna girando rápidamente a través de sus fases desde la nueva hasta la llena, y tuve un débil atisbo de las órbitas de las estrellas. Pronto, mientras avanzaba con velocidad creciente aún, la palpitación de la noche y del día se fundió en una continua grisura; el cielo tomó una maravillosa intensidad azul, un espléndido y luminoso color como el de un temprano amanecer; el sol saltarín se convirtió en una raya de fuego, en un arco brillante en el espacio, la luna en una débil faja oscilante; y no pude ver nada de estrellas, sino de vez en cuando un círculo brillante fluctuando en el azul.

»La vista era brumosa e incierta. Seguía yo situado en la colina sobre la cual está ahora construida esta casa, y el saliente se elevaba por encima de mí, gris y confuso. Vi unos árboles crecer y cambiar como bocanadas de vapor, tan pronto pardos como verdes: crecían, se desarrollaban, se quebraban y desaparecían. Vi alzarse inmensos edificios vagos y bellos y pasar como sueños. La superficie de la tierra parecía cambiada, disipándose y fluyendo bajo mis ojos. Las manecillas sobre los cuadrantes que registraban mi velocidad giraban cada vez más de prisa. Pronto observé que el círculo solar oscilaba de arriba abajo, solsticio a solsticio, en un minuto o menos, y que, por consiguiente, mi marcha era de más de un año por minuto; y minuto por minuto la blanca nieve destellaba sobre el mundo, y se disipaba, siendo seguida por el verdor brillante y corto de la primavera.

»Las sensaciones desagradables del comienzo eran menos punzantes ahora. Se fundieron, finalmente en una especie de hilaridad histérica. Noté, sin embargo, un pesado bamboleo de la máquina, que era yo incapaz de explicarme. Pero mi mente se hallaba demasiado confusa para fijarse en eso, de modo que, con una especie de locura que aumentaba en mí, me precipité hacia el futuro. Al principio, no pensé apenas en detenerme, no pensé apenas sino en aquellas nuevas sensaciones. Pero pronto una nueva serie de impresiones me vino a la mente —cierta curiosidad y luego cierto temor—, hasta que por último se apoderaron de mí por completo. ¡Qué extraños desenvolvimientos de la humanidad, qué maravillosos avances sobre nuestra rudimentaria civilización, pensé, iban a aparecérseme cuando llegase a contemplar de cerca el vago y fugaz mundo que desfilaba rápido y que fluctuaba ante mis ojos! Vi una gran y espléndida arquitectura elevarse a mi alrededor, más sólida que cualquiera de los edificios de nuestro tiempo; y, sin embargo, parecía construida de trémula luz y de niebla. Vi un verdor más rico extenderse sobre la colina y permanecer allí sin interrupción invernal. Aun a través del velo de mi confusión, la tierra parecía muy bella. Y así vino a mi mente la cuestión de detener la máquina.

»El peculiar riesgo recaía en la posibilidad de encontrarme alguna sustancia en el espacio que yo o la máquina ocupábamos. Mientras viajaba a una gran velocidad a través del tiempo, esto importaba poco: el peligro estaba, por decirlo así, atenuado, ¡deslizándome como un vapor a través de los intersticios de las sustancias intermedias! Pero llegar a detenerme entrañaba el aplastamiento de mí mismo, molécula por molécula, contra lo que se hallase en mi ruta; significaba poner mis átomos en tan íntimo contacto con los del obstáculo que una profunda reacción química —tal vez una explosión de gran alcance— se produciría, lanzándonos a mí y a mi aparato fuera de todas las dimensiones posibles... hacia lo desconocido. Esta posibilidad se me había ocurrido muchas veces mientras estaba construyendo la máquina; pero entonces la había yo aceptado alegremente, como un riesgo inevitable, ¡uno de esos riesgos que un hombre tiene que tomar! Pero ahora que el riesgo era inevitable, ya no lo veía bajo la misma alegre luz. El hecho es que, insensiblemente, la absoluta rareza de todo aquello, la débil sacudida y el bamboleo de la máquina, y sobre todo la sensación de caída prolongada, habían alterado por completo mis nervios. Me dije a mí mismo que no podría detenerme nunca, y en un acceso de enojo decidí pararme inmediatamente. Como un loco impaciente, tiré de la palanca y, acto seguido, el aparato se tambaleó y salí despedido de cabeza por el aire.

»Hubo un ruido de truenos en mis oídos. Debí quedarme aturdido un momento. Un despiadado granizo silbaba a mi alrededor, y me encontré sentado sobre una blanda hierba, frente a la máquina volcada. Todo me seguía pareciendo gris, pero pronto observé que el confuso ruido en mis oídos había desaparecido. Miré en derredor. Estaba lo que parecía ser un pequeño prado de un jardín, rodeado de macizos de rododendros; y observé que sus flores malva y púrpura caían como una lluvia bajo el golpeteo de las piedras de granizo. La rebotante y danzarina granizada caía en una nube sobre la máquina, y se moría a lo largo de la tierra como una humareda. En un momento me encontré calado hasta los huesos.

»—Bonita hospitalidad —dije— con un hombre que ha viajado innumerables años para verles.

»Pronto pensé que lo tonto que había sido en mojarme. Me levanté y miré a mi alrededor. Una figura colosal, esculpida al parecer en una piedra blanca, aparecía confusamente más allá de los rododendros, a través del aguacero brumoso. Pero todo el resto del mundo era invisible.

»Sería difícil describir mis sensaciones. Como las columnas de granizo disminuían, vi la figura blanca más claramente. Parecía muy voluminosa, pues un abedul plateado tocaba sus hombros. Era de mármol blanco, algo parecida en su forma a una esfinge alada; pero las alas, en lugar de llevarlas verticalmente a los lados, estaban desplegadas de modo que parecían planear. El pedestal me pareció que era de bronce y estaba cubierto tupidamente por la herrumbre del cobre. Sucedió que la cara estaba de frente a mí; los ojos sin vista parecían mirarme; había la débil sombra de una sonrisa sobre sus labios. Estaba muy deteriorada por el tiempo, y eso le daba una desagradable impresión de enfermedad. Permanecí contemplándola un breve momento, medio minuto quizá, o media hora. Parecía avanzar y retroceder según cayese delante de ella el granizo más denso o más espaciado. Por último, aparté mis ojos de ella por un momento, y vi que la cortina de granizo aparecía más transparente, y que el cielo se iluminaba con la promesa del sol.

»Volví a mirar a la figura blanca, agachado, y la plena temeridad de mi viaje se me apareció de repente. ¿Qué iba a suceder cuando aquella cortina brumosa se hubiera retirado por completo? ¿Qué podría haberles sucedido a los hombres? ¿Qué hacer si la crueldad se había convertido en una pasión común? ¿Qué, si en ese intervalo, la raza había perdido su virilidad, desarrollándose como algo inhumano, indiferente y abrumadoramente potente? Yo podría parecer algún salvaje del viejo mundo, pero el más espantoso por nuestra común semejanza, un ser inmundo que habría que matar inmediatamente.

»Ya veía yo otras amplias formas: enormes edificios con intricados parapetos y altas columnas, entre una colina oscuramente arbolada que llegaba hasta mí a través de la tormenta encalmada. Me sentí presa de un terror pánico. Volví frenéticamente hacia la Máquina del Tiempo, y me esforcé penosamente en reajustarla. Mientras lo intentaba, los rayos del sol traspasaron la tronada. El gris aguacero había pasado y se desvaneció como las vestiduras arrastradas por un fantasma. Encima de mí, en el azul intenso del cielo estival, jirones oscuros y ligeros de nubes remolineaban en la nada. Los grandes edificios a mi alrededor se elevaban claros y nítidos, brillantes con la lluvia de la tormenta, y resultando blancos por las piedras de granizo sin derretir, amontonadas a lo largo de sus hiladas. Me sentía desnudo en un extraño mundo. Experimenté lo que quizá experimenta un pájaro en el aire claro, cuando sabe que el gavilán vuela y quiere precipitarse sobre él. Mi pavor se tornaba frenético. Hice una larga aspiración, apreté los dientes y luché de nuevo furiosamente, empleando las muñecas y las rodillas, con la máquina. Cedió bajo mi desesperado esfuerzo y retrocedió. Golpeó violentamente mi barbilla. Con una mano sobre el asiento y la otra sobre la palanca permanecí jadeando penosamente en actitud de montarme de nuevo.

»Pero con la esperanza de una pronta retirada recobré mi valor. Miré con más curiosidad y menos temor aquel mundo del remoto futuro. Por una abertura circular, muy alta en el muro del edificio más cercano, divisé un grupo de figuras vestidas con ricos y suaves ropajes. Me habían visto, y sus caras estaban vueltas hacia mí.

»Oí entonces voces que se acercaban. Viniendo a través de los macizos que crecían junto a la Esfinge Blanca, veía las cabezas y los hombros de unos seres corriendo. Uno de ellos surgió de una senda que conducía directamente al pequeño prado en el cual permanecía con mi máquina. Era una ligera criatura —de una estatura quizá de cuatro pies— vestida con una túnica púrpura, ceñida al talle por un cinturón de cuero. Unas sandalias o coturnos —no pude distinguir claramente lo que eran— calzaban sus pies; sus piernas estaban desnudas hasta las rodillas, y su cabeza al aire. Al observar esto, me di cuenta por primera vez de lo cálido que era el aire.

»Me impresionaron la belleza y la gracia de aquel ser, aunque me chocó también su fragilidad indescriptible. Su cara sonrosada me recordó mucho la belleza de los tísicos, esa belleza hética de la que tanto hemos oído hablar. Al verle recobré de pronto la confianza. Aparté mis manos de la máquina.»

IV

EN LA EDAD DE ORO

»—En un momento estuvimos cara a cara, este ser frágil salido del futuro y yo. Vino directamente a mí y se echó a reír en mis narices. La ausencia en su expresión de todo signo de miedo me impresionó enseguida. Luego, se volvió hacia los otros dos que le seguían y les habló en una lengua extraña, muy dulce y armoniosa.

»Acudieron otros más, y pronto tuve a mi alrededor un pequeño grupo de unos ocho o diez de aquellos exquisitos seres. Uno de ellos se dirigió a mí. Se me ocurrió, de un modo bastante singular, que mi voz era demasiado áspera y profunda para ellos. Por eso moví la cabeza y, señalando mis oídos, la volví a mover. Dio él un paso hacia delante, vaciló y tocó mi mano. Entonces sentí otros suaves tentáculos sobre mi espalda y mis hombros. Querían comprobar si era yo un ser real. No había en esto absolutamente nada de alarmante. En verdad tenían algo aquellas lindas gentes que inspiraba confianza: una graciosa dulzura, cierta desenvoltura infantil. Y, además, parecían tan frágiles que me imaginé a mí mismo derribando una docena entera de ellos como si fuesen bolos. Pero hice un movimiento repentino de advertencia cuando vi sus manitas rosadas palpando la Máquina del Tiempo. Afortunadamente, entonces, cuando no era todavía demasiado tarde, pensé en un peligro del que me había olvidado hasta aquel momento, y, tomando las barras de la máquina, desprendí las pequeñas palancas que la hubieran puesto en movimiento y las metí en mi bolsillo. Luego intenté hallar el medio de comunicarme con ellos.

»Entonces, viendo más de cerca sus rasgos, percibí nuevas particularidades en su tipo de belleza, muy de porcelana de Dresden. Su pelo, uniformemente rizado, terminaba en punta sobre el cuello y las mejillas; no se veía el más leve indicio de vello en su cara, y sus orejas eran singularmente menudas. Las bocas, pequeñas, de un rojo brillante, de labios más bien delgados, y las barbillas reducidas, acababan en punta. Los ojos grandes y apacibles, y —esto puede parecer egotismo por mi parte— me imaginé entonces que les faltaba cierta parte del interés que había yo esperado encontrar en ellos.

»Como no hacían esfuerzo alguno para comunicarse conmigo, sino que me rodeaban simplemente, sonriendo y hablando entre ellos en suave tono arrullado, inicié la conversación. Señalé hacia la Máquina del Tiempo y hacia mí mismo. Luego, vacilando un momento sobre cómo expresar la idea de tiempo, indiqué el sol con el dedo. Inmediatamente una figura pequeña, lindamente arcaica, vestida con una estofa blanca y púrpura, siguió mi gesto y, después, me dejó atónito imitando el ruido del trueno.

»Durante un instante me quedé tambaleante, aunque la importancia de su gesto era suficientemente clara. Una pregunta se me ocurrió bruscamente: ¿estaban locos aquellos seres? No pueden imaginar cómo me tomé todo aquello. Verán, yo había creído siempre que las gentes del año 802.000 y tantos estarían increíblemente adelantados en conocimientos, arte, en todo. Y, enseguida, uno de ellos me hacía de repente una pregunta que probaba que su nivel intelectual era el de un niño de cinco años, me preguntaba, en realidad, ¡si había yo llegado del sol con la tronada! Aquello alteró la opinión que me había formado de ellos por sus vestiduras, sus miembros frágiles y ligeros y sus delicadas facciones. Una oleada de desengaño cayó sobre mi mente. Durante un momento sentí que había construido la Máquina del Tiempo en vano.

»Incliné la cabeza, señalando hacia el sol, e interpreté tan vívidamente un trueno que los hice estremecer. Todos se apartaron algunos pasos y se inclinaron. Entonces, uno de ellos avanzó riendo hacia mí, llevando una guirnalda de bellas flores que me eran desconocidas por completo, y me la puso al cuello. La idea fue acogida con un melodioso aplauso; y pronto todos empezaron a correr de un lado a otro cogiendo flores; y, riendo, me las arrojaban hasta que estuve casi asfixiado bajo el amontonamiento. Ustedes que no han visto nunca nada parecido, apenas podrán figurarse qué flores delicadas y maravillosas han creado innumerables años de cultura. Después, uno de ellos sugirió que su juguete debía ser exhibido en el edificio más próximo y, así, me llevaron más allá de la esfinge de mármol blanco, que parecía haber estado mirándome entretanto con una sonrisa ante mi asombro, hacia un amplio edificio gris de piedra desgastada. Mientras iba con ellos, volvió a mi mente con irresistible júbilo el recuerdo de mis confiadas anticipaciones de una posteridad hondamente seria e intelectual.

»El edificio tenía una enorme entrada y todo en él era de colosales dimensiones. Estaba yo, naturalmente, muy ocupado por la creciente multitud de aquellas personitas y por las grandes puertas que se abrían ante mí sombrías y misteriosas. Mi impresión general del mundo que veía sobre sus cabezas era la de un confuso derroche de hermosos arbustos y de flores, de un jardín largo tiempo descuidado y, sin embargo, sin malas hierbas. Divisé un gran número de extrañas flores blancas de altos tallos, que medían quizá un pie en sus pétalos de cera extendidos. Crecían desperdigadas, silvestres, entre los diversos arbustos, pero, como ya he dicho, no pude examinarlas de cerca en aquel momento. La Máquina del Tiempo quedó abandonada sobre la hierba, entre los rododendros.

»El arco de la entrada estaba ricamente esculpido, pero, naturalmente, no pude observar desde muy cerca los tallados, aunque me pareció vislumbrar indicios de antiguos adornos fenicios al pasar y me sorprendió que estuvieran muy rotos y deteriorados por el tiempo. Vinieron a mi encuentro, en la puerta, varios seres brillantemente ataviados, entramos, yo vestido con deslucidas ropas del siglo XIX, de aspecto bastante grotesco, enguirnaldado de flores, y rodeado de una arremolinada masa de vestidos alegres y suavemente coloridos y de miembros tersos y blancos, en un melodioso coro de risas y de alegres palabras.

»La enorme puerta daba a un vestíbulo relativamente grande, tapizado de marrón. El techo estaba en la sombra y las ventanas, guarnecidas en parte de cristales de colores, dejaban pasar una luz suave. El suelo estaba hecho de inmensos bloques de un metal muy duro, no de planchas ni de losas; pensé que debía estar tan desgastado por el ir y venir de pasadas generaciones, debido a los hondos surcos que había a lo largo de los caminos más frecuentados. Transversalmente a su longitud había innumerables mesas hechas de piedra pulimentada, elevadas, quizá, un pie del suelo, y sobre ellas montones de frutas. Reconocí algunas como una especie de frambuesas y naranjas hipertrofiadas, pero la mayoría eran muy raras.

»Entre las mesas había esparcidos numerosos cojines. Mis guías se sentaron sobre ellos, indicándome que hiciese otro tanto. Con una grata ausencia de ceremonia comenzaron a comer las frutas con sus manos, arrojando las pieles, las pepitas y lo demás dentro de unas aberturas redondas que había a los lados de las mesas. Estaba yo dispuesto a seguir su ejemplo, pues me sentía sediento y hambriento. Mientras lo hacía, observé el vestíbulo con todo sosiego.

»Y quizá lo que más me llamó la atención fue su aspecto ruinoso. Los cristales de color, que mostraban un solo modelo geométrico, estaban rotos en muchos sitios, y las cortinas que colgaban sobre el extremo inferior aparecían cubiertas de polvo. Y mi mirada descubrió que la esquina de la mesa de mármol, cercana a mí, estaba rota. No obstante, el efecto general era de suma suntuosidad y muy pintoresco. Había allí, quizá, un par de centenares de gente comiendo en el vestíbulo; y muchas de ellas, sentadas tan cerca de mí como podían, me contemplaban con interés, brillándoles los ojillos sobre el fruto que comían. Todas estaban vestidas con la misma tela suave, sedeña y, sin embargo, fuerte.

»La fruta, dicho sea de paso, constituía todo su régimen alimenticio. Aquella gente del remoto futuro era estrictamente vegetariana, y mientras estuve con ellos, pese a algunos deseos carnívoros, también tuve que ser frugívoro. De hecho, me di cuenta después que los caballos, el ganado, las ovejas y los perros, habían seguido al ictiosauro en su extinción. Pero las frutas eran en verdad deliciosas; una en particular, que pareció estar en temporada durante todo el tiempo que permanecí allí —una fruta harinosa de envoltura triangular—, era especialmente sabrosa, e hice de ella mi alimento habitual. Al principio, me desconcertaban todas aquellas extrañas frutas y las flores raras que veía, pero después empecé a comprender su importancia.

»Y ahora ya les he hablado a ustedes bastante de mi alimentación frugívora en el lejano futuro. Apenas calmé un poco mi apetito, decidí hacer una enérgica tentativa para aprender el lenguaje de aquellos nuevos compañeros míos. Era, evidentemente, lo primero que debía hacer. Las frutas parecían un comienzo adecuado para aquel aprendizaje, y cogiendo una la levanté, esbozando una serie de sonidos y de gestos interrogativos. Tuve una gran dificultad en dar a entender mi propósito. Al principio, mis intentos tropezaron con unas miradas fijas de sorpresa o con risas inextinguibles, pero pronto una criatura de cabellos rubios pareció captar mi intención y repitió un nombre. Ellos charlaron y se explicaron largamente la cuestión unos a otros, y mis primeras tentativas de imitar los exquisitos y sonidos de su lenguaje produjeron una enorme e ingenua, ya que no cortés, diversión. Sin embargo, me sentí un maestro de escuela rodeado de niños, insistí, y pronto tenía una veintena de nombres sustantivos, por lo menos, a mi disposición; luego llegué a los pronombres demostrativos e incluso al verbo «comer». Pero era una tarea lenta, y aquellos pequeños seres se cansaron pronto y quisieron huir de mis interrogaciones, por lo cual decidí, más bien por necesidad, dejar que impartiesen sus lecciones en pequeñas dosis cuando se sintieran inclinados a ello. Y en me di cuenta de que tenía que ser en dosis muy pequeñas, pues jamás he visto gente más indolente ni que se cansara con mayor facilidad.»

V

EL OCASO

»—Pronto descubrí una cosa extraña sobre mis pequeños huéspedes: su falta de interés. Venían a mí con gritos anhelantes de asombro, como niños; pero cesaban enseguida de examinarme, y se apartaban para ir en pos de algún otro juguete. Terminadas la comida y mis tentativas de conversación, observé por primera vez que casi todos los que me rodeaban al principio se habían ido. Y resulta también extraño cuan rápidamente llegué a no hacer caso de aquella gente menuda. Franqueé la puerta y me encontré de nuevo a la luz del sol del mundo, una vez satisfecha mi hambre. Encontré, continuamente, más grupos de aquellos hombres del futuro, que me seguían a corta distancia, parloteando y riendo a mi costa, y habiéndome sonreído y hecho gestos de manera amistosa, me dejaban entregado a mis propios pensamientos.

»La calma de la noche se extendía sobre el mundo cuando salí del gran vestíbulo, y la escena estaba iluminada por el cálido resplandor del sol poniente. Al principio las cosas aparecían muy confusas. Todo era completamente distinto del mundo que yo conocía; hasta las flores. El enorme edificio que acababa de abandonar estaba situado sobre la ladera de un valle por el que corría un ancho río; pero el Támesis había sido desviado, a una milla aproximadamente de su actual posición. Decidí subir a la cumbre de una colina, a una milla y media poco más o menos de allí, desde donde podría tener una amplia vista de este, nuestro planeta, en el año de gracia 802.701. Pues esta era, como debería haber explicado, la fecha que los pequeños cuadrantes de mi máquina señalaban.

»Mientras caminaba, estaba alerta a toda impresión que pudiera, probablemente, ayudarme a entender el estado de ruinoso esplendor en que encontré al mundo. En un pequeño sendero que ascendía a la colina, por ejemplo, había un amontonamiento de granito ligado por masas de aluminio, un amplio laberinto de murallas escarpadas y de piedras desmoronadas, entre las cuales crecían espesos macizos de bellas plantas en forma de pagoda —ortigas probablemente—, pero de hojas maravillosamente coloridas de marrón y que no pinchaban. Eran, evidentemente, los restos abandonados de alguna gran construcción, erigida con un fin que no podía yo determinar. Era allí donde estaba yo destinado, en una fecha posterior, a vivir una experiencia muy extraña —primer indicio de un descubrimiento más extraño aún—, pero de la cual hablaré en su adecuado lugar.

»Miré alrededor con un repentino pensamiento, desde una terraza en la cual descansé un rato, y me di cuenta de que no había allí ninguna casa pequeña. Al parecer, las casas individuales, y probablemente las casas de familia, habían desaparecido. Aquí y allá, entre la vegetación había edificios semejantes a palacios, pero la casa normal y la de campo, que son unos rasgos tan característicos a nuestro paisaje inglés, habían desaparecido.

»"Es el comunismo", dije para mí.

»Y pisándole los talones a este vino otro pensamiento. Miré la media docena de figuritas que me seguían. Entonces, en un segundo, noté que todas tenían la misma forma de vestido, la misma cara imberbe y suave y la misma morbidez femenil de miembros. Podrá parecer extraño, quizá, que no hubiese yo notado aquello antes. Pero ¡era todo tan extraño! Ahora veo el hecho con plena claridad. En el vestido y en todas las diferencias de contextura y de porte que marcan hoy la distinción entre uno y otro sexo, aquella gente del futuro era idéntica. Y los hijos no parecían ser a mis ojos sino las miniaturas de sus padres. Pensé entonces que los niños de aquel tiempo eran sumamente precoces, al menos físicamente, y pude después comprobar ampliamente mi opinión.

»Viendo la desenvoltura y la seguridad con que vivían aquellas gentes, comprendí que aquel estrecho parecido de los sexos era, después de todo, lo que podía esperarse; pues la fuerza de un hombre y la delicadeza de una mujer, la institución de la familia y la diferenciación de ocupaciones son simples necesidades militantes de una edad de fuerza física. Allí, donde la población es equilibrada y abundante, muchos nacimientos llegan a ser un mal más que un beneficio para el Estado; allí donde la violencia es rara y la prole es segura, hay menos necesidad —realmente no existe la necesidad— de una familia eficaz, y la especialización de los sexos con referencia a las necesidades de sus hijos desaparece. Vemos algunos indicios de esto hasta en nuestro propio tiempo, y en esa edad futura aquello era un hecho consumado. Esto, debo recordárselo a ustedes, era lo que yo especulaba en aquel momento. Después, iba a poder apreciar cuán lejos estaba de la realidad.

»Mientras meditaba sobre estas cosas, atrajo mi atención una linda y pequeña construcción, parecida a un pozo bajo una cúpula. Pensé de modo pasajero en la singularidad de que existiese aún un pozo, y luego reanudé el hilo de mis teorías. No había grandes edificios hasta la cumbre de la colina, y como mis facultades motrices eran evidentemente milagrosas, pronto me encontré solo por primera vez. Con una extraña sensación de libertad y de aventura avancé a la cumbre.

»Allí encontré un asiento hecho de un metal amarillo que no reconocí, corroído a trechos por una especie de óxido rosado y semicubierto de blando musgo; tenía los brazos vaciados y bruñidos en forma de cabezas de grifos. Me senté y contemplé la amplia visión de nuestro viejo mundo bajo el sol poniente de aquel largo día. Era uno de los más bellos y agradables espectáculos que he visto nunca. El sol se había puesto ya por debajo del horizonte y el oeste era de color oro llameante, tocado por algunas barras horizontales de púrpura y carmesí. Por debajo estaba el valle del Támesis, en donde el río se extendía como una banda de acero pulido. He hablado ya de los grandes palacios que despuntaban entre el abigarrado verdor, algunos en ruinas y otros ocupados aún. En algunos lugares surgía una figura blanca o plateada en el devastado jardín de la tierra, en algunos lugares aparecía la afilada línea vertical de alguna cúpula u obelisco. No había setos, ni señales de derechos de propiedad, ni muestras de agricultura; la tierra entera se había convertido en un jardín.

»Contemplando esto, comencé a interpretar las cosas que había visto, y lo que tomó forma en mi cabeza fue más o menos lo siguiente (después vi que había encontrado solamente una semi-verdad, o vislumbrado únicamente una faceta de la verdad):

»El ocaso rojizo me hizo pensar en el ocaso de la humanidad. Por primera vez, empecé a comprender una singular consecuencia del esfuerzo social en que estamos ahora comprometidos. Y, sin embargo, créanlo, esta es una consecuencia bastante lógica. La fuerza es el resultado de la necesidad; la seguridad establece un premio a la debilidad. La obra de mejoramiento de las condiciones de vida —el verdadero proceso civilizador que hace la vida cada vez más segura— había avanzado constantemente hacia su culminación. Un triunfo de una humanidad unida sobre la naturaleza había seguido a otro. Cosas que ahora son tan solo sueños habían llegado a ser proyectos deliberadamente emprendidos y llevados adelante. ¡Y lo que yo veía era el fruto de aquello!

»Después de todo, la salubridad y la agricultura de hoy se hallan aún en etapa rudimentaria. La ciencia de nuestro tiempo ha atacado solo una pequeña división de las enfermedades humanas, pero, aun así, extiende sus operaciones de modo constante y persistente. Nuestra agricultura y nuestra horticultura destruyen una mala hierba solo aquí y allá y cultivan, quizá, una veintena de plantas saludables, dejando que la mayoría luche por equilibrarse como pueda. Mejoran nuestras plantas y nuestros animales favoritos —¡y qué pocos son!— gradualmente, por vía selectiva; ahora un melocotón mejor, ahora uvas sin semillas, ahora una flor más grande y dulce, ahora una raza de ganado vacuno más conveniente. Los mejoramos gradualmente porque nuestros ideales son vagos y tentativos, y nuestro conocimiento muy limitado, pues la naturaleza es también tímida y lenta en nuestras manos torpes. Algún día todo esto estará mejor organizado y será incluso mejor. Esta es la dirección de la corriente a pesar de los remansos. El mundo entero será inteligente, culto y servicial; las cosas se moverán más y más de prisa hacia la sumisión de la naturaleza. Al final, sabia y cuidadosamente, reajustaremos el equilibrio de la vida animal y vegetal para adaptarlas a nuestras necesidades humanas.

»Este reajuste, digo yo, debe haber sido hecho y bien hecho, realmente para siempre, en el espacio de tiempo a través del cual mi máquina había saltado. El aire estaba libre de mosquitos, la tierra de malas hierbas y de hongos; por todas partes había frutas y flores deliciosas; brillantes mariposas revoloteaban aquí y allá. El ideal de la medicina preventiva estaba alcanzado. Las enfermedades, suprimidas. No vi ningún indicio de enfermedad contagiosa durante toda mi estancia allí. Y ya les contaré más adelante que hasta el proceso de la putrefacción y de la vejez había sido profundamente afectado por aquellos cambios.

»Se habían conseguido también triunfos sociales. Veía yo la humanidad alojada en espléndidas moradas, suntuosamente vestida; y, sin embargo, no había encontrado aquella gente ocupada en ninguna faena. Allí no había signo alguno de lucha, ni social ni económica. La tienda, el anuncio, el tráfico, todo ese comercio que constituye la realidad de nuestro mundo había desaparecido. Era natural que en aquella noche preciosa me apresurase a aprovechar la idea de un paraíso social. La dificultad del aumento de población había sido resuelta, supongo, y la población cesó de aumentar.

»Pero con semejante cambio de condición vienen las inevitables adaptaciones a dicho cambio. A menos que la ciencia biológica sea un montón de errores, ¿cuál es la causa de la inteligencia y del vigor humanos? Las penalidades y la libertad: condiciones bajo las cuales el ser activo, fuerte y apto, sobrevive, y el débil sucumbe; condiciones que recompensan la alianza leal de los hombres capaces basada en la autocontención, la paciencia y la decisión. Y la institución de la familia y las emociones que entraña, los celos feroces, la ternura por los hijos, la abnegación de los padres, todo ello encuentra su justificación y su apoyo en los peligros inminentes que amenazan a los jóvenes. Ahora, ¿dónde están esos peligros inminentes? Se origina aquí un sentimiento que crecerá contra los celos conyugales, contra la maternidad feroz, contra toda clase de pasiones; cosas inútiles ahora, cosas que nos hacen sentirnos molestos, supervivientes salvajes y discordantes en una vida refinada y grata.

»Pensé en la pequeñez física de la gente, en su falta de inteligencia, en aquellas enormes y profundas ruinas; y esto fortaleció mi creencia en una conquista perfecta de la naturaleza. Porque después de la batalla viene la calma. La humanidad había sido fuerte, enérgica e inteligente, y había utilizado su abundante vitalidad para modificar las condiciones bajo las cuales vivía. Y ahora llegaba la reacción de aquellas condiciones cambiadas.

»Bajo las nuevas condiciones de bienestar y de seguridad perfectas, esa bulliciosa energía, que es nuestra fuerza, llegaría a ser debilidad. Hasta en nuestro tiempo ciertas inclinaciones y deseos, en otro tiempo necesarios para sobrevivir, son un constante origen de fracaso. La valentía física y el amor al combate, por ejemplo, no representan una gran ayuda —pueden incluso ser obstáculos— para el hombre civilizado. Y en un estado de equilibrio físico y de seguridad, la potencia, tanto intelectual como física, estaría fuera de lugar. Pensé que durante incontables años no había habido peligro alguno de guerra o de violencia aislada, ningún peligro de fieras, ninguna enfermedad agotadora que haya requerido una constitución vigorosa, ni necesitado un trabajo asiduo.

Para una vida tal, los que llamaríamos débiles se hallan tan bien pertrechados como los fuertes, y ya no serían considerados débiles. Mejor pertrechados en realidad, pues los fuertes estarían gastados por una energía para la cual no hay salida. Era indudable que la exquisita belleza de los edificios que yo veía era el resultado de las últimas agitaciones de la energía ahora sin fin determinado de la humanidad, antes de haberse asentado en la perfecta armonía con las condiciones bajo las cuales vivía: el florecimiento de ese triunfo que fue el comienzo de la última gran paz. Esta ha sido siempre la suerte de la energía en seguridad; se consagra al arte y al erotismo, y luego vienen la languidez y la decadencia.

»Hasta ese impulso artístico desaparecería al final —había desaparecido casi en el tiempo que yo veía—. Adornarse ellos mismos con flores, danzar, cantar al sol; esto era lo que quedaba del espíritu artístico y nada más. Aun eso desaparecería, dando lugar a una satisfecha inactividad. Somos afilados sin cesar sobre la muela del dolor y de la necesidad, y, según me parecía, ¡he aquí que aquella odiosa muela se rompía al fin!

»Permanecí allí en las condensadas tinieblas pensando que con aquella simple explicación había yo dominado el problema del mundo, dominando el secreto entero de aquel delicioso pueblo. Tal vez los obstáculos por ellos ideados para detener el aumento de población habían tenido demasiado buen éxito, y su número, en lugar de permanecer estacionario, había más bien disminuido. Esto hubiese explicado aquellas ruinas abandonadas. Era muy sencilla mi explicación y bastante plausible, ¡como lo son la mayoría de las teorías equivocadas!».

VI
LA MÁQUINA ESTÁ PERDIDA

»—Mientras permanecía reflexionando sobre este triunfo demasiado perfecto del hombre, la luna llena, amarilla y gibosa, salió entre un desbordamiento de luz plateada, al nordeste. Las brillantes figuritas cesaron de moverse debajo de mí, un búho silencioso revoloteó, y me estremecí con el frío de la noche. Decidí descender y elegir un sitio donde poder dormir.

»Busqué con los ojos el edificio que conocía. Luego mi mirada corrió a lo largo de la figura de la Esfinge Blanca sobre su pedestal de bronce, cada vez más visible a medida que la luz de la luna ascendente se hacía más brillante. Podía yo ver el argentado abedul enfrente. Había allí, por un lado, el macizo de rododendros, negro en la pálida claridad, y por el otro la pequeña pradera, que volví a contemplar. Una extraña duda heló mi satisfacción. "No", me dije con resolución, "esa no es la pradera".

»Pero era la pradera, pues la lívida faz leprosa de la esfinge estaba vuelta hacia allí. ¿Pueden ustedes imaginar lo que sentí cuando me di cuenta de lo que pasaba? No pueden. ¡La Máquina del Tiempo había desaparecido!

»Enseguida, como un latigazo en la cara, se me ocurrió la posibilidad de perder mi propia época, de quedar abandonado e impotente en aquel extraño mundo nuevo. El simple pensamiento se transformaba en una verdadera sensación física. Sentía que me agarraba por la garganta, cortándome la. respiración. Un momento después sufrí un ataque de miedo y corrí con largas zancadas ladera abajo. Enseguida tropecé, caí de cabeza y me hice un corte en la cara; no perdí el tiempo en limpiarme la sangre, sino que salté de nuevo en pie y seguí corriendo, mientras me escurría la sangre caliente por la mejilla y el mentón. Y mientras corría me iba diciendo a mí mismo: «La han movido un poco, la han empujado debajo del macizo, fuera del camino.» Sin embargo, corría con todo mi empeño. Todo ese tiempo, con la certeza que algunas veces acompaña a un miedo excesivo, yo sabía que tal afirmación era una locura, sabía instintivamente que la máquina había sido transportada fuera de mi alcance. Respiraba penosamente. Supongo que recorrí la distancia entera desde la cumbre de la colina hasta la pradera, dos millas aproximadamente, en diez minutos. Y no soy ya un joven. Mientras iba corriendo maldecía en voz alta mi necia confianza, derrochando así mi aliento. Gritaba muy fuerte y nadie contestaba. Ningún ser parecía agitarse en aquel mundo iluminado por la luna.

»Cuando llegué a la pradera mis peores temores se hicieron realidad. No se veía el menor rastro de la máquina. Me sentí desfallecido y helado cuando estuve frente al espacio vacío, entre la negra maraña de los arbustos. Corrí furiosamente alrededor, como si la máquina pudiera estar oculta en algún rincón, y luego me detuve en seco, agarrándome el pelo con las manos. Por encima de mí descollaba la esfinge, sobre su pedestal de bronce, blanca, brillante, leprosa, bajo la luz de la luna que ascendía. Parecía reírse burlonamente de mi congoja.

»Pude haberme consolado a mí mismo imaginando

que los pequeños seres habían llevado por mí el aparato a algún refugio, de no haber tenido la seguridad de su incapacidad física e intelectual. Esto era lo que me acongojaba: la sensación de algún poder insospechado hasta entonces, por cuya intervención mi invento había desaparecido. Sin embargo, estaba seguro de una cosa: salvo que alguna otra época hubiera construido un duplicado exacto, la máquina no podía haberse movido a través del tiempo. Las conexiones de las palancas —les mostraré después el sistema— impiden que, una vez quitadas, nadie pueda ponerla en movimiento de ninguna manera. Había sido transportada y escondida solamente en el espacio. Pero, entonces, ¿dónde podía estar?

»Creo que debí ser presa de una especie de frenesí. Recuerdo haber recorrido violentamente por dentro y por fuera, a la luz de la luna, todos los arbustos que rodeaban a la esfinge, y asustado en la incierta claridad a algún animal blanco al que tomé por un cervatillo. Recuerdo también, ya muy avanzada la noche, haber aporreado los arbustos con mis puños cerrados hasta que mis articulaciones quedaron heridas y sangrantes por las ramas partidas. Luego, sollozando y delirando en mi angustia de espíritu, descendí hasta el gran edificio de piedra. El enorme vestíbulo estaba oscuro, silencioso y desierto. Resbalé sobre un suelo desigual y caí encima de una de las mesas de malaquita, casi rompiéndome la espinilla. Encendí una cerilla y pasó al otro lado de las cortinas polvorientas de las que les he hablado.

»Allí encontré un segundo gran vestíbulo cubierto de cojines, sobre los cuales dormían, quizá, una veintena de aquellos pequeños seres. Estoy seguro de que encontraron mi segunda aparición bastante extraña, surgiendo repentinamente de la tranquila oscuridad con ruidos inarticulados y el chasquido y la llama de una cerilla. Porque ellos habían olvidado lo que eran las cerillas. "¿Dónde está mi Máquina del Tiempo?", comencé, chillando como un niño furioso, asiéndolos y sacudiéndolos unos contra otros. Debió parecerles muy raro aquello. Algunos rieron, la mayoría parecieron dolorosamente amedrentados. Cuando vi que formaban corro a mi alrededor, se me ocurrió que yo estaba actuando de la forma más necia posible dadas las circunstancias, intentando revivir en ellos la sensación de miedo. Porque, razonando conforme a su comportamiento a la luz del día, pensé que el miedo debía estar olvidado.

»Bruscamente tiré la cerilla, y, chocando con algunos de aquellos seres en mi carrera, crucé otra vez, desatinado, el enorme comedor hasta llegar afuera, bajo la luz de la luna. Oí gritos de terror y sus piececitos corriendo y tropezando aquí y allá. No recuerdo todo lo que hice mientras la luna ascendía por el cielo. Supongo que era la circunstancia inesperada de mi pérdida lo que me enloquecía. Me sentía desesperanzado, separado de mi propia especie, como un extraño animal en un mundo desconocido. Debí desvariar de un lado para otro, chillando y vociferando contra Dios y el destino. Recuerdo que sentí una horrible fatiga, mientras la larga noche de desesperación transcurría; que remiré en tal o cual sitio imposible; que anduve a tientas entre las ruinas iluminadas por la luna y que toqué extrañas criaturas en las negras sombras, y, por último, que me tendí sobre la tierra junto a la esfinge, llorando por mi absoluta desdicha, pues hasta la cólera por haber cometido la locura de abandonar la máquina había desaparecido con mi fuerza. No me quedaba más que mi desgracia. Luego me dormí, y cuando desperté otra vez era ya muy de día, y una pareja de gorriones brincaba a mi alrededor sobre la hierba, al alcance de mi mano.

»Me senté en el frescor de la mañana, intentando recordar cómo había llegado hasta allí, y por qué experimentaba tan profunda sensación de abandono y desesperación. Entonces las cosas se aclararon en mi mente. Con la clara, razonable luz del día, podía considerar de frente mis circunstancias. Me di cuenta de la grandísima locura cometida en mi frenesí de la noche anterior, y pude razonar conmigo mismo. "Asume lo peor —me dije—. ¿Suponer que la máquina está enteramente perdida, destruida, quizá? Me importa estar tranquilo, ser paciente, aprender el modo de ser de esta gente, adquirir una idea clara de cómo se ha perdido mi aparato, y cómo conseguir materiales y herramientas a fin de poder, al final, construir tal vez otro". Esa sería mi única esperanza, una mísera esperanza tal vez, pero mejor que la desesperación. Y, después de todo, era aquel un mundo bello y curioso.

»Pero, probablemente, la máquina solo se la había llevado alguien. Aun así, debía yo mantenerme sereno y paciente, buscar el escondite y recuperarla por la fuerza o con astucia. Y con esto me puse en pie rápidamente y miré a mi alrededor, preguntándome dónde podría lavarme. Me sentía fatigado, entumecido y sucio a causa del viaje. El frescor de la mañana me hizo desear una frescura igual. Había agotado mis emociones. Realmente, buscando lo que necesitaba, me sentí asombrado de mi intensa excitación de la noche anterior. Examiné con cuidado el suelo de la pequeña pradera. Perdí un rato en fútiles preguntas dirigidas lo mejor que pude a aquellas gentecillas que se acercaban. Todos fueron incapaces de comprender mis gestos; algunos se mostraron simplemente impasibles, otros creyeron que era una chanza y se rieron de mi. Fue para mí la tarea más difícil del mundo impedir que mis manos cayesen sobre sus lindas caras rientes. Era un loco impulso, pero el demonio engendrado por el miedo y la cólera ciega estaba mal refrenado y aun ansioso de aprovecharse de mi perplejidad. La hierba me trajo un mejor consejo. Encontré unos surcos marcados en ella, aproximadamente a mitad de camino entre el pedestal de la esfinge y las huellas de pasos de mis pies, a mi llegada. Había alrededor otras señales de traslación, con extrañas y estrechas huellas de pasos como las que imaginaría que puede dejar una pereza. Esto dirigió mi atención más cerca del pedestal. Era este, como creo haber dicho, de bronce. No se trataba de un simple bloque, sino que estaba ambiciosamente adornado con unos paneles hondos a cada lado. Me acerqué a golpearlos. El pedestal era hueco. Examinando los paneles con cuidado, vi que quedaba una abertura entre ellos y el marco. No había allí asas ni cerraduras, pero era posible que aquellos paneles, si eran puertas como yo suponía, se abriesen hacia dentro. Una cosa aparecía clara en mi mente. No necesité un gran esfuerzo mental para inferir que mi Máquina del Tiempo estaba dentro de aquel pedestal. Pero cómo había llegado hasta allí era un problema diferente.

»Vi las cabezas de dos seres vestidos color naranja, entre las matas y bajo unos manzanos cubiertos de flores, venir hacia mí. Me volví a ellos sonriendo y llamándoles por señas. Llegaron a mi lado, y entonces, señalando el pedestal de bronce, intenté darles a entender mi deseo de abrirlo. Pero a mi primer gesto hacia allí se comportaron de un modo muy extraño. No sé cómo describirles a ustedes su expresión. Supongan que hacen a una dama de fino temperamento unos gestos groseros e impropios, la actitud que esa dama adoptaría fue la de ellos. Se alejaron como si hubiesen recibido el último insulto. Intenté una amable mímica parecida ante un mocito vestido de blanco, con el mismo resultado exactamente. De un modo u otro su actitud me dejó avergonzado de mí mismo. Pero, como ustedes comprenderán, yo deseaba recuperar la Máquina del Tiempo, e hice una nueva tentativa. Cuando le vi a este dar la vuelta, como los otros, mi mal humor predominó. En tres zancadas le alcancé, le cogí por la parte suelta de su vestido alrededor del cuello, y le empecé a arrastrar hacia la esfinge. Entonces vi tal horror y tal repugnancia en su rostro que le solté de repente.

»Pero no quería darme por vencido aún. Golpeé con los puños los paneles de bronce. Creí oír algún movimiento dentro —para ser más claro, creí percibir un ruido como de risas sofocadas—, pero debí equivocarme. Entonces fui a buscar una gruesa piedra al río, y volví a martillar con ella los paneles hasta que hube aplastado una espiral de los adornos, y cayó el verdín en laminillas polvorientas. La delicada gentecilla debió de oírme golpear en violentas arremetidas hasta una milla en

cualquier dirección, pero nadie se acercó. Vi una multitud de ellos por las laderas, mirándome furtivamente.
Al final, sofocado y rendido, me senté para vigilar aquel
sitio. Pero estaba demasiado inquieto para vigilar largo
rato, soy demasiado occidental para una larga vigilancia.
Puedo trabajar durante años enteros en un problema,
pero aguardar inactivo durante veinticuatro horas es otra
cuestión.

»Después de un rato me levanté, y empecé a caminar
entre la maleza, hacia la colina otra vez. "Paciencia —me
dije—; si quieres recuperar tu máquina debes dejar sola
a la esfinge. Si piensan quitártela, de poco sirve destrozar
sus paneles de bronce, y si no piensan hacerlo, te la devol-
verán tan pronto como se la pidas. Velar entre todas esas
cosas desconocidas ante un rompecabezas como este es
desesperante. Representa una línea de conducta que lleva
a la demencia. Enfréntate con este mundo. Aprende sus
usos, obsérvale, abstente de hacer conjeturas demasiado
precipitadas en cuanto a sus intenciones; al final encon-
trarás la pista de todo esto." Entonces, me di cuenta de
repente de lo cómico de la situación: el recuerdo de los
años que había gastado en estudios y trabajos para aden-
trarme en el tiempo futuro y, ahora, una ardiente ansie-
dad por salir de él. Me había creado la más complicada y
desesperante trampa que haya podido inventar nunca un
hombre. Aunque era a mi propia costa, no pude evitarlo:
me reí a carcajadas.

»Cuando cruzaba el enorme palacio, me pareció que
aquella gentecilla me esquivaba. Podían ser ideas mías, o
algo relacionado con mis golpes en las puertas de bronce.
Estaba, sin embargo, casi seguro de que me rehuían. Pese

a lo cual tuve buen cuidado de mostrar que no me importaba, y de, abstenerme de perseguirles, y en el transcurso de uno o dos días las cosas volvieron a su antiguo estado.»

VII
EL EXTRAÑO ANIMAL

»—Hice todos los progresos que pude en su lengua, y, además, proseguí mis exploraciones aquí y allá. O se me había pasado algún punto muy sutil o su lengua parecía excesivamente simple, compuesta casi exclusivamente de sustantivos concretos y verbos. En lo relativo a los sustantivos abstractos, parecía haber pocos (si los había). Empleaban escasamente el lenguaje figurado. Como sus frases eran por lo general simples y de dos palabras, no pude darles a entender ni comprender yo sino las cosas más sencillas. Decidí apartar la idea de mi Máquina del Tiempo y el misterio de las puertas de bronce de la esfinge hasta donde fuera posible, en un rincón de mi memoria, esperando que mi creciente conocimiento me llevase a ella por un camino natural. Sin embargo, cierto sentimiento, como podrán ustedes comprender, me retenía en un círculo de unas cuantas millas alrededor del sitio de mi llegada.

»Hasta donde podía ver, el mundo entero desplegaba la misma exuberante riqueza que el valle del Támesis. Desde cada colina a la que yo subía, vi la misma profusión de edificios espléndidos, infinitamente variados de materiales y de estilos; los mismos amontonamientos de árboles de hoja perenne, los mismos árboles cargados de flores y los mismos altos helechos. Aquí y allá el agua brillaba como plata, y más lejos la tierra se elevaba en azules ondulaciones de colinas, y desaparecía así en la serenidad del cielo. Un rasgo peculiar que pronto atrajo mi atención fue la presencia de ciertos pozos circulares, varios de ellos, según me pareció, de una profundidad muy grande. Uno se hallaba situado cerca del sendero que subía a la colina, y que yo había seguido durante mi primera caminata. Como los otros, estaba bordeado de bronce, curiosamente forjado, y protegido de la lluvia por una pequeña cúpula. Sentado sobre el borde de aquellos pozos, y escrutando su oscuro fondo, no pude divisar ningún centelleo de agua, ni conseguir ningún reflejo con la llama de una cerilla. Pero en todos ellos oí cierto ruido: un toc-toc-toc, parecido a la pulsación de alguna enorme máquina; y descubrí, por la llama de mis cerillas, que una corriente continua de aire soplaba abajo, dentro del hueco de los pozos. Además, arrojé un pedazo de papel en el orificio de uno de ellos; y en vez de descender revoloteando lentamente, fue velozmente aspirado y se perdió de vista.

»También, después de un rato, llegué a relacionar aquellos pozos con altas torres que se elevaban aquí y allá sobre las laderas; pues había con frecuencia, por encima de ellas, ese parpadeo en el aire que se percibe en un día caluroso sobre una playa abrasada por el sol. Enlazando estas cosas, llegué a la firme presunción de un amplio sistema de ventilación subterránea, cuya verdadera importancia me era difícil imaginar. Me incliné al principio a asociarlo con la instalación sanitaria de aquellas gentes. Era una conclusión evidente, pero absolutamente equivocada.

»Y aquí debo admitir que he aprendido muy poco de desagües, de campanas, de modos de transporte y de comodidades parecidas durante el tiempo de mi estancia en aquel futuro real. En algunas de aquellas visiones de utopía y de los tiempos por venir que he leído hay una gran cantidad de detalles sobre la construcción, las ordenaciones sociales y demás cosas de ese género. Pero, aunque tales detalles son bastante fáciles de obtener cuando el mundo entero se halla contenido en la sola imaginación, son por completo inaccesibles para un auténtico viajero mezclado con la realidad, como me encontré allí. ¡Imagínense ustedes lo que contaría de Londres un negro recién llegado del África central al regresar a su tribu! ¿Qué podría él saber de las compañías de ferrocarriles, de los movimientos sociales, del teléfono y el telégrafo, de la compañía de envío de paquetes a domicilio, de los giros postales y de otras cosas parecidas? ¡Sin embargo, nosotros accederíamos, cuando menos, a explicarle esas cosas! E incluso de lo que él supiese, ¿qué le haría comprender o creer a su amigo que no hubiese viajado? ¡Piensen, además, qué escasa distancia hay entre un negro y un blanco de nuestro propio tiempo, y qué extenso espacio existía entre aquellos seres de la Edad de Oro y yo! Me daba cuenta de muchas cosas invisibles que contribuían a mi bienestar; pero salvo por una impresión general de organización automática, temo no poder hacerles comprender a ustedes sino muy poco de esa diferencia.

»En lo referente a la sepultura, por ejemplo, no veía yo

signos de cremación, ni nada que sugiriese tumbas. Pero se me ocurrió que, posiblemente, habría cementerios (u hornos crematorios) en alguna parte, más allá de mi línea de exploración. Fue esta, de nuevo, una pregunta que me planteé deliberadamente y mi curiosidad sufrió un completo fracaso al principio respecto a ese punto. La cosa me desconcertaba, y acabé por hacer una observación ulterior que me desconcertó más aún: que no había entre aquella gente ningún ser anciano o achacoso.

»Debo confesar que la satisfacción que sentí por mi primera teoría de una civilización automática y de una humanidad en decadencia, no duró mucho tiempo. Sin embargo, no podía yo imaginar otra. Los diversos enormes palacios que había yo explorado eran simples viviendas, grandes salones comedores y amplios dormitorios. No pude encontrar ni máquinas ni herramientas de ninguna clase. Sin embargo, aquella gente iba vestida con bellos tejidos, que deberían necesariamente renovar de vez en cuando, y sus sandalias, aunque sin adornos, eran muestras bastante complejas de labor metálica. De un modo o de otro tales cosas debían ser fabricadas. Y aquella gentecilla no revelaba indicio alguno de tendencia creadora. No había tiendas, ni talleres, ni señal ninguna de importaciones entre ellos. Gastaban todo su tiempo en retozar lindamente, en bañarse en el río, en hacerse el amor de una manera semi-juguetona, en comer frutas y en dormir. No pude ver cómo se conseguía que las cosas siguieran marchando.

»Volvamos, entonces, a la Máquina del Tiempo: alguien, no sabía yo quién, la había encerrado en el pedestal hueco de la Esfinge Blanca. ¿Por qué? A fe mía no pude imaginarlo. Había también aquellos pozos sin agua, aquellas columnas de aireación. Comprendí que me faltaba una pista. Comprendí... ¿cómo les explicaría aquello? Supónganse que encuentran ustedes una inscripción, con frases aquí y allá en un excelente y claro inglés, e, interpoladas con esto, otras compuestas de palabras, incluso de letras, absolutamente desconocidas para ustedes. ¡Pues bien, al tercer día de mi visita, así era como se me presentaba el mundo del año 802.701!

»Ese día, también, hice una amiga... en cierto modo. Sucedió que, cuando estaba yo contemplando a algunos de aquellos seres bañándose en un bajío, uno de ellos sufrió un calambre, y empezó a ser arrastrado por el agua. La corriente principal era más bien rápida, aunque no demasiado fuerte para un nadador regular. Les daré a ustedes una idea, por tanto, de la extraña imperfección de aquellas criaturas, cuando les diga que ninguna hizo el más leve gesto para intentar salvar al pequeño ser que, gritando débilmente, se estaba ahogando ante sus ojos. Cuando me di cuenta de ello, me despojé rápidamente de la ropa, y vadeando el agua por un sitio más abajo, agarré aquella cosa menuda y la puse a salvo en la orilla. Unas ligeras fricciones en sus miembros la reanimaron pronto, y tuve la satisfacción de verla completamente bien antes de separarme de ella. Tenía tan poca estimación por los de su raza que no esperé ninguna gratitud de la muchachita. Sin embargo, en esto me equivocaba.

Lo relatado ocurrió por la mañana. Por la tarde encontré a mi mujercilla —eso supuse que era— cuando regresaba yo hacia mi centro de una exploración. Me recibió con gritos de deleite, y me ofreció una gran guirnalda de flores, hecha evidentemente para mí. Aquello impresionó mi imaginación. Es muy posible que me sintiese solo. Sea como fuere, hice cuanto pude para mostrar mi reconocimiento por su regalo. Pronto estuvimos sentados juntos bajo un árbol sosteniendo una conversación compuesta principalmente de sonrisas. La amistad de aquella criatura me afectaba exactamente como puede afectar la de una niña. Nos dábamos flores uno a otro, y ella me besaba las manos. Le besé yo también las suyas. Luego intenté hablar y supe que se llamaba Weena, nombre que a pesar de no saber yo lo que significaba me pareció en cierto modo muy apropiado. Este fue el comienzo de una extraña amistad que duró una semana, ¡y que terminó como les diré!

»Era ella exactamente parecida a una niña. Quería estar siempre conmigo. Intentaba seguirme por todas partes, y en mi viaje siguiente sentí el corazón oprimido, teniendo que dejarla, al final, exhausta y llamándome quejumbrosamente. Me era preciso conocer a fondo los problemas de aquel mundo. No había llegado, me dije a mí mismo, al futuro para mantener un flirteo en miniatura. Sin embargo, su angustia cuando la dejé era muy grande, sus reproches al separarnos eran a veces frenéticos, y creo plenamente que sentí tanta inquietud como consuelo con su afecto. Sin embargo, significaba ella, de todos modos, un gran alivio para mí. Creí que era un simple cariño infantil el que la hacía apegarse a mí. Hasta que fue demasiado tarde, no supe claramente qué pena le había infligido al abandonarla. Hasta entonces no supe tampoco claramente lo que era ella para mí. Pues, por estar simplemente en apariencia enamorada de mí, por su manera fútil de mostrar que yo le preocupaba, aquella humana muñequita pronto dio a mi regreso a las proximidades de la Esfinge Blanca casi el sentimiento de la vuelta al hogar; y acechaba la aparición de su delicada figurita, blanca y oro, no bien llegaba yo a la colina.

»Por ella supe también que el temor no había desaparecido aún de la tierra. Ella se mostraba bastante intrépida durante el día y tenía una extraña confianza en mí; pues una vez, en un momento estúpido, le hice muecas amenazadoras y ella se echó a reír simplemente. Pero le amedrentaban la oscuridad, las sombras, las cosas negras. Las tinieblas eran para ella la única cosa aterradora. Era una emoción singularmente viva, y esto me hizo meditar y observarla. Descubrí, entonces, entre otras cosas, que aquellos seres se congregaban dentro de las grandes casas al anochecer y dormían en grupos. Entrar donde ellos estaban sin una luz les llenaba de una inquietud tumultuosa. Nunca encontré fuera de la puerta, o durmiendo solo, después de ponerse el sol. Sin embargo, fui tan estúpido que no comprendí la lección de ese temor, y, pese a la angustia de Weena, me obstiné en acostarme apartado de aquellas multitudes adormecidas.

»Esto le inquietó a ella mucho, pero al final su extraño afecto por mí triunfó, y durante las cinco noches de nuestro conocimiento, incluyendo la última de todas, durmió ella con la cabeza recostada sobre mi brazo. Pero mi relato se me escapa mientras les hablo a ustedes de ella. Debe haber sido la noche antes de rescatarla que me desperté, de repente, al amanecer. Había estado inquieto, soñando muy desagradablemente que me ahogaba, y que unas anémonas de mar me palpaban la cara con sus blandos apéndices. Me desperté sobresaltado, con la extraña sensación de que un animal gris acababa de huir de la habitación. Intenté dormirme de nuevo, pero me sentía desasosegado y a disgusto. Era esa hora incierta y gris en que las cosas acaban de surgir de las tinieblas, cuando todo es incoloro y claro, aun pareciendo irreal. Me levanté, fui al gran vestíbulo y llegué así hasta las losas de piedra delante del palacio. Tenía intención, haciendo virtud de la necesidad, de contemplar la salida del sol.

»La luna se ponía, y su luz moribunda y las primeras palideces del alba se mezclaban en una semiclaridad fantasmal. Los arbustos eran de un negro tinta, la tierra de un gris oscuro, el cielo descolorido y triste. Y sobre la colina creía ver unos espectros. En tres ocasiones distintas, mientras escudriñaba la ladera, vi unas figuras blancas. Dos veces me pareció divisar una criatura solitaria, blanca, con el aspecto de un mono, subiendo más bien rápidamente por la colina, y una vez cerca de las ruinas vi tres de aquellas figuras arrastrando un cuerpo oscuro. Se movían velozmente y no pude ver qué fue de ellas. Parecieron desvanecerse entre los arbustos. El alba era todavía incierta, como ustedes comprenderán. Y tenía yo esa sensación helada, confusa, del despuntar del alba, que ustedes conocen tal vez. Dudaba de mis ojos.

»Cuando el cielo se tornó brillante al este, y la luz del sol subió y esparció una vez más sus vivos colores sobre el mundo, escruté profundamente el paisaje, pero no percibí ningún vestigio de mis figuras blancas. Eran simplemente seres de la media luz. "Deben de haber sido fantasmas —me dije—. Me pregunto qué edad tendrán." Pues una singular teoría de Grant Allen vino a mi mente, y me divirtió. Si cada generación fenece y deja fantasmas, argumenta él, el mundo al final estará atestado de ellos. Según esa teoría, habrían crecido de modo innumerable dentro de unos ochocientos mil años a contar de esta fecha, y no sería muy sorprendente ver cuatro a la vez. Pero la broma no era convincente y me pasé toda la mañana pensando en aquellas figuras, hasta que gracias a Weena logré desechar ese pensamiento. Las asocié de una manera vaga con el animal blanco que había yo asustado en mi primera y ardorosa búsqueda de la Máquina del Tiempo. Pero Weena era una grata sustituta. Sin embargo, todas ellas estaban destinadas pronto a tomar una mayor y más implacable posesión de mi espíritu.

»Creo haberles dicho cuánto más calurosa que la nuestra era la temperatura de esa Edad de Oro. No puedo explicarme por qué. Quizá el sol era más fuerte, o la tierra estaba más cerca del sol. Se admite, por lo general, que el sol se irá enfriando constantemente en el futuro. Pero la gente, poco familiarizada con teorías como las de Darwin, olvida que los planetas deben finalmente volver a caer uno por uno dentro de la masa que los engendró. Cuando esas catástrofes ocurran, el sol llameará con renovada energía; y puede que algún planeta interior haya sufrido esa suerte. Sea cual fuere la razón, persiste el hecho de que el sol era mucho más fuerte que el que nosotros conocemos.

»Bien, pues una mañana muy calurosa —la cuarta, creo, de mi estancia—, cuando intentaba resguardarme del calor y de la reverberación entre algunas ruinas colosales cerca del gran edificio donde dormía y comía, ocurrió una cosa extraña. Encaramándome sobre aquel montón de mampostería, encontré una estrecha galería, cuyo final y respiradero laterales estaban obstruidos por masas de piedras caídas. En contraste con la luz deslumbrante del exterior, me pareció al principio de una oscuridad impenetrable. Entré a tientas, pues el cambio de la luz a las tinieblas hacía surgir manchas flotantes de color ante mí. De repente me detuve como hechizado. Un par de ojos, luminosos por el reflejo de la luz de afuera, me miraba fijamente en las tinieblas.

»El viejo e instintivo terror a las fieras se apoderó nuevamente de mí. Apreté los puños y miré con decisión aquellos brillantes ojos. Luego, el pensamiento de la absoluta seguridad en que la humanidad parecía vivir se apareció a mi mente. Y después recordé aquel extraño terror a las tinieblas. Dominando mi pavor hasta cierto punto, avancé un paso y hablé. Confesaré que mi voz era bronca e insegura. Extendí la mano y toqué algo suave. Inmediatamente los ojos se apartaron y algo blanco huyó, rozándome. Me volví con el corazón en la garganta, y vi una extraña figurilla de aspecto simiesco sujetándose la cabeza de una manera especial, que cruzaba corriendo el espacio iluminado por el sol, a mi espalda. Chocó contra un bloque de granito, se tambaleó, y en un instante se ocultó en la negra sombra bajo otro montón de escombros de las ruinas.

»La impresión que recogí de ese ser fue, naturalmente, imperfecta; pero sé que era de un blanco desvaído, que tenía unos ojos grandes y extraños de un rojo grisáceo, y también unos cabellos muy rubios que le caían por la espalda. Pero, como digo, se movió con demasiada rapidez para que pudiese verle con claridad. No puedo siquiera decir si corría a cuatro pies o tan solo manteniendo sus antebrazos muy bajos. Después de unos instantes de detención le seguí hasta el segundo montón de ruinas. No pude encontrarle al principio; pero después de un rato entre la profunda oscuridad, llegué a una de aquellas aberturas redondas y parecidas a un pozo de las que ya les he hablado a ustedes, medio obstruida por una columna derribada. Un pensamiento repentino vino a mi mente. ¿Podría aquella cosa haber desaparecido por dicha abertura abajo? Encendí una cerilla y, mirando hasta el fondo, vi agitarse una pequeña y blanca criatura con unos ojos brillantes que me miraban fijamente. Esto me hizo estremecer. ¡Aquel ser se asemejaba a una araña humana! Descendía por la pared y divisé ahora por primera vez una serie de soportes y de asas de metal formando una especie de escala, que se hundía en la abertura. Entonces la llama me quemó los dedos y la solté, apagándose al caer; y cuando encendí otra, el pequeño monstruo había desaparecido.

»No sé cuánto tiempo permanecí mirando el interior de aquel pozo. Necesité un rato para conseguir convencerme a mí mismo de que aquella cosa entrevista era un ser humano. Pero, poco a poco, la verdad se abrió paso en mí: el hombre no había seguido siendo una especie única, sino que se había diferenciado en dos animales distintos; las graciosas criaturas del Mundo Superior no eran los únicos descendientes de nuestra generación, sino que aquel ser, pálido, repugnante, nocturno, que había pasado fugazmente ante mí, era también el heredero de todas las edades.

»Pensé en las columnas de aireación y en mi teoría de

una ventilación subterránea. Empecé a sospechar su verdadera importancia. ¿Y qué viene a hacer, me pregunté, este Lémur en mi esquema de una organización perfectamente equilibrada? ¿Qué relación podía tener con la indolente serenidad de los habitantes del Mundo Superior? ¿Y qué se ocultaba debajo de aquello en el fondo de aquel pozo? Me senté sobre el borde diciéndome que, en cualquier caso, no había nada que temer, y que debía yo bajar allí para solucionar mis apuros. ¡Y al mismo tiempo me aterraba bajar! Mientras vacilaba, dos de los bellos seres del Mundo Superior llegaron corriendo en su amoroso juego desde la luz del sol hasta la sombra. El varón perseguía a la hembra, arrojándole flores en su huida.

»Parecieron angustiados de encontrarme, con mi brazo apoyado contra la columna caída, y escrutando el pozo. Al parecer, estaba mal considerado el fijarse en aquellas aberturas; pues cuando señalé esta junto a la cual estaba yo e intenté dirigirles una pregunta sobre ello en su lengua, se mostraron más angustiados aún y se dieron la vuelta. Pero les interesaban mis cerillas, y encendí unas cuantas para divertirlos. Intenté de nuevo preguntarles sobre el pozo, y fracasé otra vez. Por eso los dejé enseguida, a fin de ir en busca de Weena y ver qué podía sonsacarle. Pero mi mente estaba ya trastornada; mis conjeturas e impresiones se deslizaban y enfocaban hacia una nueva interpretación. Tenía ahora una pista para averiguar la importancia de aquellos pozos, de aquellas torres de ventilación, de aquel misterio de los fantasmas; ¡y esto sin mencionar la indicación relativa al significado de las puertas de bronce y de la suerte de la Máquina del Tiempo! Y, muy vagamente, me vino una idea acerca de

la solución del problema económico que me había desconcertado.

»He aquí mi nuevo punto de vista. Evidentemente,
aquella segunda especie humana era subterránea. Había,
en especial, tres detalles que me hacían creer que sus raras
apariciones sobre el suelo eran la consecuencia de una
larga y continuada costumbre de vivir bajo tierra. En primer lugar, estaba el aspecto lívido común a la mayoría de
los animales que viven prolongadamente en la oscuridad;
el pez blanco de las grutas del Kentucky, por ejemplo.
Luego, aquellos grandes ojos con su facultad de reflejar
la luz son rasgos comunes en los seres nocturnos, según
lo demuestran el búho y el gato. Y, por último, aquel pa-
tente desconcierto a la luz del sol, y aquella apresurada y,
sin embargo, torpe huida hacia la oscura sombra, y aquella postura tan particular de la cabeza mientras estaba
a la luz, todo esto reforzaba la teoría de una extremada
sensibilidad de la retina.

»Bajo mis pies, por tanto, la tierra debía estar inmen-
samente socavada y aquellos socavones eran la vivienda
de la Nueva Raza. La presencia de tubos de ventilación
y de los pozos a lo largo de las laderas de las colinas, por
todas partes en realidad, excepto a lo largo del valle por
donde corría el río, revelaba cuan universales eran sus
ramificaciones. ¿No era muy natural, entonces, suponer
que era en aquel Mundo Subterráneo donde se hacía el
trabajo necesario para la comodidad de la raza que vivía a la luz del sol? La explicación era tan plausible que
la acepté inmediatamente, y llegué hasta a imaginar el
porqué de aquella diferenciación de la especie humana.
Me atrevo a creer que prevén ustedes cuál era mi teoría,

aunque pronto comprendí por mí mismo cuan alejada estaba de la verdad.

»Al principio, procediendo conforme a los problemas de nuestra propia época, me parecía claro como la luz del día que la extensión gradual de las actuales diferencias meramente temporales y sociales entre el Capitalista y el Trabajador era la clave de la situación entera. Sin duda les parecerá a ustedes un tanto grotesco —¡y disparatadamente increíble!—, y, sin embargo, aun ahora existen circunstancias que señalan ese camino. Hay una tendencia a utilizar el espacio subterráneo para los fines menos decorativos de la civilización; hay, por ejemplo, en Londres el metro, hay los nuevos tranvías eléctricos, hay pasos subterráneos, talleres y restaurantes subterráneos, que aumentan y se multiplican. "Evidentemente —pensé— esta tendencia ha crecido hasta el punto que la industria ha perdido gradualmente su derecho de existencia al aire libre." Quiero decir que se había extendido cada vez más profundamente y cada vez en más y más amplias fábricas subterráneas ¡consumiendo una cantidad de tiempo sin cesar creciente, hasta que al final...! Aun hoy día, ¿es que un obrero del East End no vive en condiciones de tal modo artificiales que, prácticamente, está separado de la superficie natural de la tierra?

»Además, la tendencia exclusiva de la gente rica —debida, sin duda, al creciente refinamiento de su educación y al amplio abismo en aumento entre ella y la ruda violencia de la gente pobre— la lleva ya a cerrar, en su interés, considerables partes de la superficie del país. En los alrededores de Londres, por ejemplo, tal vez la mitad de los lugares más hermosos están cerrados a la intrusión.

Y ese mismo abismo creciente, que se debe a los procedimientos más largos y costosos de la educación superior y a las crecientes facilidades y tentaciones por parte de los ricos, hará que cada vez sea menos frecuente el intercambio entre las clases y el ascenso en la posición social por matrimonios entre ellas, que retrasa actualmente la división de nuestra especie a lo largo de líneas de estratificación social. De modo que, al final, sobre el suelo habremos de tener a los Poseedores, buscando el placer, el bienestar y la belleza, y debajo del suelo a los No Poseedores; los obreros se adaptan continuamente a las condiciones de su trabajo. Una vez allí, tuvieron, sin duda, que pagar un canon nada reducido por la ventilación de sus cavernas; y si se negaban, los mataban de hambre o los asfixiaban para hacerles pagar los atrasos. Los que habían nacido para ser desdichados o rebeldes, murieron; y finalmente, al ser permanente el equilibrio, los supervivientes acabaron por estar adaptados a las condiciones de la vida subterránea y tan satisfechos en su medio como la gente del Mundo Superior en el suyo. Por lo que, me parecía, la refinada belleza y la palidez marchita siguieron con bastante naturalidad.

»El gran triunfo de la humanidad que había yo soñado tomaba una forma distinta en mi mente. No había existido tal triunfo de la educación moral y de la cooperación general, como imaginé. En lugar de esto, veía yo una verdadera aristocracia, armada de una ciencia perfecta y trabajando según una lógica conclusión al sistema industrial de hoy día. Su triunfo no había sido simplemente un triunfo sobre la naturaleza, sino un triunfo sobre la naturaleza y sobre el prójimo. Esto, debo advertirlo a ustedes, era mi teoría de aquel momento. No tenía ningún guía adecuado, como ocurre en los libros utópicos. Mi explicación puede ser errónea por completo, aunque creo que es la más plausible. Pero, aun suponiendo esto, la civilización equilibrada que había sido finalmente alcanzada debía haber sobrepasado hacía largo tiempo su cénit, y haber caído en una profunda decadencia. La seguridad demasiado perfecta de los habitantes del Mundo Superior los había llevado, en un pausado movimiento de degeneración, a un aminoramiento general de estatura, de fuerza e inteligencia. Eso podía yo verlo ya con bastante claridad. Sin embargo, no sospechaba aún lo que había ocurrido a los habitantes del Mundo Subterráneo, pero por lo que había visto de los Morlocks —que era el nombre que daban a aquellos seres— podía imaginar que la modificación del tipo humano era aún más profunda que entre los Eloi, la raza que ya conocía.

»Entonces surgieron dudas fastidiosas. ¿Por qué habían cogido los Morlocks mi Máquina del Tiempo? Pues estaba seguro de que eran ellos quienes la habían cogido. ¿Y por qué, también, si los Eloi eran los amos, no podían devolvérmela? ¿Y por qué sentían un miedo tan terrible de la oscuridad? Empecé, como ya he dicho, por interrogar a Weena acerca de aquel Mundo Subterráneo, pero de nuevo quedé defraudado. Al principio no comprendió mis preguntas, y luego se negó a contestarlas. Se estremecía como si el tema le fuese insoportable. Y cuando la presioné, quizá un poco bruscamente, se deshizo en llanto. Fueron las únicas lágrimas, exceptuando las mías, que vi jamás en la Edad de Oro. Viéndolas, cesé de molestarla sobre los Morlocks, y me dediqué a borrar de los ojos de Weena aquellas muestras de su herencia humana. Pronto sonrió, aplaudiendo con sus manitas, mientras yo encendía solemnemente una cerilla.»

VIII
LOS MORLOCKS

»—Podrá parecerles raro, pero dejé pasar dos días antes de seguir la reciente pista que llevaba, evidentemente, al camino apropiado. Sentía una aversión especial por aquellos cuerpos pálidos. Tenían exactamente ese tono semi-blancuzco de los gusanos y de los animales conservados en alcohol en un museo zoológico. Y al tacto eran de una frialdad repugnante. Mi aversión se debía en gran parte a la influencia simpática de los Eloi, cuyo asco por los Morlocks empezaba yo a comprender.

»La noche siguiente no dormí nada bien. Sin duda mi salud estaba alterada. Me sentía abrumado de perplejidad y de dudas. Tuve una o dos veces la sensación de un pavor intenso al cual no podía yo encontrar ninguna razón concreta. Recuerdo haberme deslizado sin ruido en el gran vestíbulo donde los seres aquellos dormían a la luz de la luna —aquella noche Weena se hallaba entre ellos— y me sentía tranquilizado con su presencia. Se me ocurrió, en aquel momento, que en el curso de pocos días la luna debería entrar en su último cuarto, y las noches serían oscuras; entonces, las apariciones de aquellos desagradables seres subterráneos, de aquellos blancuzcos lémures, de aquella nueva gusanera que había sustituido a la antigua, serían más numerosas. Y durante esos dos días tuve la inquieta sensación de quien elude una obligación inevitable. Estaba seguro de que solamente recuperaría la Máquina del Tiempo penetrando audazmente en aquellos misterios del subsuelo. Sin embargo, no podía enfrentarme con aquel enigma. De haber tenido un compañero la cosa sería muy diferente. Pero estaba horriblemente solo, y el simple hecho de descender por las tinieblas del pozo me hacía palidecer. No sé si ustedes comprenderán mi estado de ánimo, pero sentía sin cesar un peligro a mi espalda.

»Esta inquietud, esta inseguridad, era quizá la que me arrastraba más y más lejos en mis excursiones exploradoras. Yendo al sudoeste, hacia la comarca escarpada que se llama ahora Combe Wood, observé a lo lejos, en la dirección del Banstead del siglo XIX, una amplia construcción verde, de estilo diferente a las que había visto hasta entonces. Era más grande que el mayor de los palacios o ruinas que conocía, y la fachada tenía un aspecto oriental: mostraba esta el brillo de un tono verde azulado, de cierta clase de porcelana china. Esta diferencia de aspecto sugería una diferencia de uso, y se me ocurrió llevar hasta allí mi exploración. Pero el día terminaba ya, y llegué a la vista de aquel lugar después de un largo y extenuante rodeo; por lo cual decidí aplazar la aventura para el día siguiente y volví hacia la bienvenida y las caricias de la pequeña Weena. Pero, a la mañana siguiente, me di cuenta con suficiente claridad de que mi curiosidad referente al Palacio de Porcelana Verde era un acto de auto-decepción, capaz de evitarme, por un día más, la experiencia que yo temía. Decidí emprender el descenso sin más pérdida de tiempo, y salí al amanecer hacia un pozo cercano a las ruinas de granito y aluminio.

»La pequeña Weena vino corriendo conmigo. Bailaba junto al pozo, pero, cuando vio que me inclinaba yo sobre el brocal mirando hacia abajo, pareció singularmente desconcertada. "Adiós, pequeña Weena", dije, besándola; y luego, dejándola sobre el suelo, comencé a buscar sobre el brocal los escalones y los ganchos. Hice aquello con bastante prisa —debo confesarlo—, ¡pues temía que flaquease mi valor! Al principio, ella me miró con asombro. Luego lanzó un grito quejumbroso y, corriendo hacia mí, quiso retenerme con sus manitas. Creo que su oposición me incitó más bien a continuar. La rechacé, acaso un poco bruscamente, y un momento después estaba adentrándome en el pozo. Vi su cara agonizante sobre el brocal y le sonreí para tranquilizarla. Luego me fue preciso mirar hacia abajo, a los ganchos inestables a los que me agarraba.

»Tuve que bajar un trecho de doscientas yardas, quizá. El descenso lo efectuaba por medio de los barrotes metálicos que salían de las paredes del pozo, y como estaban adaptados a las necesidades de seres mucho más pequeños que yo, pronto me sentí entumecido y fatigado por la bajada. ¡Y no solo fatigado! Uno de los barrotes cedió de repente bajo mi peso, y casi me hacia el vacío de las tinieblas. Durante un momento quedé suspendido por una mano, y después de esa prueba no me atreví a descansar de nuevo. Aunque mis brazos y mi espalda me dolían agudamente, seguía descendiendo de un tirón, tan de prisa como era posible. Al mirar hacia arriba, vi la abertura, un pequeño disco azul, en el cual era visible una estrella, mientras que la cabeza de la pequeña Weena aparecía como una proyección negra y redonda. El ruido acompasado de una máquina, desde el fondo, se hacía cada vez más fuerte y opresivo. Todo, salvo el pequeño disco de arriba, era profundamente oscuro, y cuando volví a mirar hacia allí, Weena había desaparecido.

»Estaba agonizando de incomodidad. Pensé vagamente en intentar subir de nuevo, salir del pozo y dejar en su soledad al Mundo Subterráneo. Pero incluso mientras estaba dándole vueltas a esa idea seguía descendiendo. Por último, con un profundo alivio, vi confusamente aparecer, a un pie a mi derecha, una estrecha abertura en la pared. Me introduje allí y descubrí que era el orificio de un reducido túnel horizontal en el que pude tenderme y descansar. Ya era hora. Mis brazos estaban doloridos, mi espalda entumecida, y temblaba con el prolongado terror de una caída. Además, la oscuridad ininterrumpida tuvo un efecto doloroso sobre mis ojos. El aire estaba lleno del palpitante zumbido de la maquinaria que ventilaba el pozo.

»No sé cuánto tiempo permanecí tendido allí. Me despertó una mano suave que tocaba mi cara. Me levanté de un salto en la oscuridad y, sacando mis cerillas, encendí una rápidamente: vi tres seres encorvados y blancos semejantes a aquel que había visto sobre la tierra, en las ruinas, y que había huido velozmente de la luz. Viviendo, como vivían, en las que me parecían tinieblas impenetrables, sus ojos eran de un tamaño anormal y muy sensibles, como lo son las pupilas de los peces de los fondos abisales, y reflejaban la luz de idéntica manera. No me cabía duda de que podían verme en aquella absoluta oscuridad, y no parecieron tener miedo de mí, aparte de su temor a la luz. Pero, en cuanto encendí una cerilla con objeto de verlos, huyeron veloces, desapareciendo dentro de unos sombríos canales y túneles, desde los cuales me miraban sus ojos del modo más extraño.

»Intenté llamarles, pero su lenguaje era al parecer diferente al de los habitantes del Mundo Superior; por lo cual me quedé entregado a mis propios esfuerzos, y la idea de huir antes de iniciar la exploración pasó por mi mente. Pero me dije a mí mismo: "Estás aquí ahora para eso"; y avancé a lo largo del túnel, sintiendo que el ruido de la maquinaria se hacía más fuerte. Pronto dejé de notar las paredes a mis lados, llegué a un espacio amplio y abierto, y encendiendo otra cerilla, vi que había entrado en una vasta caverna arqueada que se extendía hacia las profundas tinieblas más allá de la claridad de mi cerilla. Vi lo que se puede ver mientras arde una cerilla.

»Mi recuerdo es forzosamente vago. Grandes formas parecidas a enormes máquinas surgían de la oscuridad y proyectaban negras sombras, entre las cuales los inciertos y espectrales Morlocks se guarecían de la luz. El sitio, dicho sea de paso, era muy sofocante y opresivo, y débiles emanaciones de sangre fresca flotaban en el aire. Un poco más abajo del centro había una mesita de un metal blanco, en la que parecía haberse servido una comida. ¡Los Morlocks eran, de todos modos, carnívoros! Aun en aquel momento, recuerdo haberme preguntado qué voluminoso animal podía haber sobrevivido para suministrar el rojo cuarto que yo veía. Era todo muy confuso: el denso olor, las enormes formas carentes de significado, la figura repulsiva espiando en las sombras, ¡y esperando tan solo a que volviesen a reinar las tinieblas para acercarse a mí de nuevo! Entonces la cerilla se apagó, quemándome los dedos, y cayó, con una roja ondulación, en las tinieblas.

»He pensado después lo mal equipado que estaba yo para semejante experiencia. Cuando la inicié con la Máquina del Tiempo, lo hice con la absurda suposición de que todos los hombres del futuro debían ser infinitamente superiores a nosotros. Había llegado sin armas, sin medicinas, sin nada que fumar —¡a veces notaba atrozmente la falta del tabaco!—, hasta sin suficientes cerillas. ¡Si tan solo hubiera pensado en una Kodak! Podría haber capturado aquella visión del Mundo Subterráneo en un segundo, y haberla examinado luego a gusto. Pero, sea lo que fuere, estaba allí con las únicas armas y los únicos poderes con que la naturaleza me ha dotado: manos, pies y dientes; esto y cuatro cerillas de seguridad que aún me quedaban.

»Temía yo abrirme camino entre aquella maquinaria en la oscuridad, y solamente con la última llama descubrí que mi provisión de cerillas habíase agotado. No se me había ocurrido nunca, hasta entonces, que hubiera necesidad de economizarlas, y había gastado casi la mitad de la caja en asombrar a los habitantes del Mundo Superior, para quienes el fuego era una novedad. Ahora, como digo, me quedaban cuatro, y mientras permanecía en la oscuridad una mano tocó la mía, sentí unos dedos descarnados sobre mi cara y percibí un olor particular muy desagradable. Me pareció oír a mi alrededor la respiración de una multitud de aquellos horrorosos pequeños seres. Sentí que intentaban quitarme suavemente la caja de cerillas que tenía en la mano, y que otras manos detrás de mí me tiraban de la ropa. La sensación de que aquellas criaturas invisibles me examinaban me desagradaba de un modo indescriptible. La repentina comprensión de mi desconocimiento de sus maneras de pensar y de obrar se me presentó de nuevo vivamente en las tinieblas. Grité lo más fuerte que pude. Se apartaron, y luego los sentí acercarse otra vez. Sus tocamientos se hicieron más osados mientras se musitaban extraños sonidos unos a otros. Me estremecí con violencia y volví a gritar, de un modo más bien discordante. Esta vez se mostraron menos alarmados, y se acercaron de nuevo a mí con una extraña y ruidosa risa. Debo confesar que estaba horriblemente asustado. Decidí encender otra cerilla y escapar, amparado por la claridad. Así lo hice, y acreciendo un poco la llama con un pedazo de papel que saqué de mi bolsillo, llevé a cabo mi retirada hacia el estrecho túnel. Pero apenas hube entrado mi luz se apagó, y en las tinieblas pude oír a los Morlocks susurrando como el viento entre las hojas, haciendo un ruido acompasado como la lluvia, mientras se precipitaban detrás de mí.

»En un momento me sentí agarrado por varias manos, y había duda alguna de que estaban intentando arrastrarme hacia atrás. Encendí otra cerilla y la agité ante sus deslumbrantes caras. Difícilmente podrán ustedes imaginar lo nauseabundos e inhumanos que parecían —¡rostros lívidos y sin mentón, ojos grandes, sin párpados, de un gris rosado!— mientras que se paraban en su ceguera y aturdimiento. Pero no me detuve a mirarlos, se los aseguro: volví a retirarme, y cuando terminó mi segunda cerilla, encendí la tercera. Estaba casi consumida cuando alcancé la abertura que había en el pozo. Me tendí sobre el borde, pues la palpitación de la gran bomba del fondo me aturdía. Luego palpé los lados para buscar los asideros salientes, y al hacerlo, me agarraron de los pies y fui tirado violentamente hacia atrás. Encendí mi última cerilla... y se apagó en el acto. Pero había yo empuñado ahora uno de los barrotes, y dando fuertes puntapiés me desprendí de las manos de los Morlocks y ascendí rápidamente por el pozo, mientras ellos se quedaban abajo atisbando y guiñando los ojos hacia mí: todos menos un pequeño miserable, que me siguió un momento y casi se apoderó de una de mis botas como si fuera un trofeo.

»Aquella escalada me pareció interminable. En los últimos veinte o treinta pies sentí una náusea mortal. Me costó un gran trabajo mantenerme asido. En las últimas yardas sostuve una lucha espantosa contra aquel desfallecimiento. Me dieron varios vahídos y experimenté todas las sensaciones de la caída. Al final, sin embargo, pude, no sé cómo, llegar al brocal y escapar tambaleándome fuera de las ruinas bajo la cegadora luz del sol. Caí de bruces. Incluso el suelo olía dulce y puramente. Luego recuerdo a Weena besando mis manos y mis orejas, y las voces de otros Eloi. Después estuve sin sentido durante un rato.»

IX

AL LLEGAR LA NOCHE

»—Ahora, realmente, parecía encontrarme en una situación peor que la de antes. Hasta aquí, excepto durante mi noche angustiosa después de la pérdida de la Máquina del Tiempo, había yo tenido la confortadora esperanza de una última escapatoria, pero esa esperanza se desvanecía con los nuevos descubrimientos. Hasta ahora me había creído simplemente obstaculizado por la pueril simplicidad de aquella pequeña raza, y por algunas fuerzas desconocidas que me era preciso comprender para superarlas; pero había un elemento completamente nuevo en la repugnante especie de los Morlocks, algo inhumano y maligno. Instintivamente los aborrecía. Antes había yo sentido lo que sentiría cualquier hombre que cayese en un precipicio: mi preocupación era el precipicio y cómo salir de él. Ahora me sentía como una bestia en una trampa, cuyo enemigo va a caer pronto sobre ella.

»El enemigo al que yo temía tal vez les sorprenda a ustedes. Era la oscuridad de la luna nueva. Weena me había metido esto en la cabeza haciendo algunas observaciones, al principio incomprensibles, acerca de las 'Noches Oscuras'. No era muy difícil de adivinar lo que significaba la llegada de las Noches Oscuras. La luna estaba en menguante, y cada noche era más largo el período de oscuridad. Entonces comprendí, hasta cierto grado, cuando menos, la razón del miedo de los pequeños habitantes del Mundo Superior a las tinieblas. Me pregunté vagamente qué perversas infamias podían ser las que los Morlocks hacían durante la luna nueva. Estaba casi seguro de que mi segunda hipótesis era totalmente falsa. La gente del Mundo Superior podía haber sido antaño la favorecida aristocracia y los Morlocks sus servidores mecánicos; pero aquello había acabado hacía largo tiempo. Las dos especies que habían resultado de la evolución humana declinaban o habían llegado ya a unas relaciones completamente nuevas. Los Eloi, como los reyes carolingios, habían llegado a ser simplemente unas lindas inutilidades. Poseían todavía la tierra por consentimiento tácito, desde que los Morlocks, subterráneos hacía innumerables generaciones, habían llegado a encontrar intolerable la superficie iluminada por el sol. Y los Morlocks confeccionaban sus vestidos, infería yo, y subvenían a sus necesidades habituales, quizá a causa de la supervivencia de un viejo hábito de servidumbre. Lo hacían como un caballo encabritado agita sus patas, o como un hombre se divierte en matar animales por deporte: porque unas antiguas y fenecidas necesidades lo habían inculcado en su organismo. Pero, evidentemente, el antiguo orden estaba ya en parte invertido. La Némesis de los delicados hombrecillos se acercaba de prisa. Hacía edades, hacía miles de generaciones, el hombre había privado a su hermano el hombre de la comodidad y de la luz del sol. ¡Y ahora aquel hermano volvía cambiado! Ya los Eloi habían empezado a aprender una vieja lección otra vez. Estaban volviendo a conocer el miedo. Y, de pronto, me vino a la mente el recuerdo de la carne que había visto en el mundo subterráneo. Parece extraño cómo aquel recuerdo me obsesionó; no lo despertó, por decirlo así, el curso de mis pensamientos, sino que surgió casi como una interrogación desde fuera. Intenté recordar la forma de aquello. Tenía yo una vaga sensación de algo familiar, pero no pude decir lo que era en aquel momento.

»Sin embargo, por impotentes que fuesen los pequeños seres en presencia de su misterioso miedo, yo estaba constituido de un modo diferente. Venía de esta edad nuestra, de esta prístina y madura raza humana, en la que el miedo no paraliza y el misterio ha perdido sus terrores. Yo, al menos, me defendería por mí mismo. Sin dilación, decidí fabricarme unas armas y un albergue fortificado donde poder dormir. Con aquel refugio como base, podría hacer frente a aquel extraño mundo con algo de la confianza que había perdido al darme cuenta de la clase de seres a los que iba a estar expuesto noche tras noche. Sentí que no podría dormir de nuevo hasta que mi lecho estuviese a salvo de ellos. Me estremecí de horror al pensar cómo me habían examinado ya.

»Vagué durante la tarde a lo largo del valle del Támesis, pero no pude encontrar nada que se ofreciese a mi mente como inaccesible. Todos los edificios y todos los árboles parecían prácticos para unos trepadores tan hábiles como debían ser los Morlocks, a juzgar por sus pozos. Entonces, los altos pináculos del Palacio de Porcelana Verde y el bruñido fulgor de sus muros resurgieron en mi memoria; y al anochecer, llevando a Weena como una niña sobre mi hombro, subí a la colina, hacia el sudoeste. Había calculado la distancia en unas siete u ocho millas, pero debía estar cerca de las dieciocho. Había yo visto el palacio por primera vez en una tarde húmeda, en que las distancias disminuyen engañosamente. Además, perdí el tacón de una de mis botas, y un clavo penetraba a través de la suela —eran unas botas viejas, cómodas, que usaba en casa—, por lo que cojeaba. Fue largo rato después de ponerse el sol cuando llegué a la vista del palacio, que se recortaba en negro sobre el amarillo pálido del cielo.

»Weena se mostró contentísima cuando empecé a llevarla, pero pasado un rato quiso que la dejase en el suelo, para correr a mi lado, precipitándose a veces a coger flores que introducía en mis bolsillos, que habían extrañado siempre a Weena, pero al final había concluido que debían ser una rara clase de jarrones para adornos florales. ¡Y esto me recuerda...! Al cambiar de chaqueta he encontrado...».

El Viajero del Tiempo se interrumpió, metió la mano en el bolsillo y colocó silenciosamente sobre la mesita dos flores marchitas, que no dejaban de parecerse a grandes malvas blancas. Luego prosiguió su relato.

»—Cuando la quietud del anochecer se esparcía sobre el mundo y avanzábamos más allá de la cima de la colina hacia Wimbledon, Weena se sintió cansada y quiso volver a la casa de piedra gris. Pero le señalé los distantes pináculos del Palacio de Porcelana Verde, y me las ingenié para hacerle comprender que íbamos a buscar allí un refugio contra su miedo. ¿Conocen ustedes esa gran inmovilidad que cae sobre las cosas antes de anochecer? La brisa misma se detiene en los árboles. Para mí hay siempre un aire de expectación en esa quietud del anochecer. El cielo era claro, remoto y despejado, salvo algunas fajas horizontales al fondo, hacia poniente. Bueno, aquella noche la expectación tomó el color de mis temores. En aquella oscura calma mis sentidos parecían agudizados de un modo sobrenatural. Imaginé que sentía incluso la tierra hueca bajo mis pies, y que podía, realmente, casi ver a través de ella a los Morlocks en su hormiguero, yendo de aquí para allá en espera de la oscuridad. En mi excitación me figuré que recibieron mi invasión de sus madrigueras como una declaración de guerra. ¿Y por qué habían cogido mi Máquina del Tiempo?

»Así pues, seguimos en aquella ciudad, y el crepúsculo se adensó en la noche. El azul claro de la distancia palideció, y una tras otra aparecieron las estrellas. La tierra se tornó gris oscura y los árboles negros. Los temores de Weena, y su fatiga, aumentaron. La cogí en mis brazos, le hablé y la acaricié. Luego, como la oscuridad aumentaba, me rodeó ella el cuello con sus brazos, y cerrando los ojos, apoyó apretadamente su cara contra mi hombro. Así descendimos una larga pendiente hasta el valle y allí, en la oscuridad, me metí casi en un pequeño río. Lo vadeé y ascendí al lado opuesto del valle, más allá de muchos edificios de dormitorios y de una estatua —un fauno o una figura por el estilo— sin cabeza. Allí también había acacias. Hasta entonces no había visto nada de los Morlocks, pero la noche se hallaba en su comienzo y las horas de oscuridad anteriores a la salida de la luna nueva no habían llegado aún.

»Desde la cumbre de la cercana colina vi un bosque espeso que se extendía, amplio y negro, ante mí. Esto me hizo vacilar. No podía ver el final, ni hacia la derecha ni hacia la izquierda. Sintiéndome cansado —el pie, en especial, me dolía mucho— bajé cuidadosamente a Weena de mi hombro al detenerme, y me senté sobre la hierba. No podía ya ver el Palacio de Porcelana Verde, y dudaba sobre la dirección a seguir. Escudriñé la espesura del bosque y pensé en lo que podía ocultar. Bajo aquella densa maraña de ramas no debían verse las estrellas. Aunque no existiese allí ningún peligro emboscado —un peligro sobre el cual no quería yo dar rienda suelta a la imaginación—, habría, sin embargo, raíces con que tropezar y troncos contra los cuales chocar.

»Estaba rendido, además, después de las emociones del día; por eso decidí no afrontar aquello y pasar, en cambio, la noche al aire libre en la colina.

»Me alegró ver que Weena estaba profundamente dormida. La envolví con cuidado en mi chaqueta, y me senté junto a ella para esperar la salida de la luna. La ladera estaba tranquila y desierta, pero de la negrura del bosque venía de vez en cuando una agitación de seres vivos. Sobre mí brillaban las estrellas, pues la noche era muy clara. Experimentaba cierta sensación de amistoso bienestar con su centelleo. Sin embargo, todas las vetustas constelaciones habían desaparecido del cielo; su lento movimiento, que es imperceptible durante centenares de vidas humanas, las había, desde hacía largo tiempo, reordenado en grupos desconocidos. Pero la Vía Láctea, me parecía, era aún la misma banderola harapienta de polvo de estrellas de antaño. Por la parte sur (según pude apreciar) había una estrella roja muy brillante, nueva para mí; parecía aún más espléndida que nuestra propia y verde Sirio. Y entre todos aquellos puntos de luz centelleante, brillaba un planeta benévola y constantemente como la cara de un antiguo amigo.

»Contemplando aquellas estrellas disminuyeron mis propias inquietudes y todas las seriedades de la vida terrenal. Pensé en su insondable distancia, y en el curso lento e inevitable de sus movimientos desde el desconocido pasado hacia el desconocido futuro. Pensé en el gran ciclo precesional que describe el eje de la Tierra. Solo cuarenta veces se había realizado aquella silenciosa revolución durante todos los años que había yo atravesado. Y durante aquellas escasas revoluciones todas las actividades, todas las tradiciones, las complejas organizaciones, las naciones, lenguas, literaturas, aspiraciones, hasta el simple recuerdo del hombre tal como yo lo conocía, habían sido barridas de la existencia. En lugar de ello quedaban aquellas ágiles criaturas que habían olvidado a sus antepasados, y los seres blancuzcos que me aterraban. Pensé entonces en el gran miedo que separaba a las dos especies, y por primera vez, con un estremecimiento repentino, comprendí claramente de dónde procedía la carne que había yo visto. ¡Sin embargo, era demasiado horrible! Contemplé a la pequeña Weena durmiendo junto a mí, su, cara blanca y radiante bajo las estrellas, e inmediatamente deseché aquel pensamiento.

»Durante aquella larga noche, aparté de mi mente lo mejor que pude a los Morlocks, y entretuve el tiempo intentando imaginar que podía encontrar las huellas de las viejas constelaciones en la nueva confusión. El cielo seguía muy claro, aparte de algunas nubes como brumosas. Sin duda me adormecí a ratos. Luego, al transcurrir mi velada, se difundió una débil claridad por el cielo, al este, como reflejo de un fuego incoloro, y salió la luna en cuarto menguante, delgada, puntiaguda y blanca. E inmediatamente detrás, alcanzándola e inundándola, llegó el alba, pálida al principio, y luego rosada y ardiente. Ningún Morlock se había acercado a nosotros. Realmente, no había yo visto ninguno en la colina aquella noche. Y con la confianza que aportaba el día renovado, casi me pareció que mi miedo había sido irrazonable. Me levanté, y vi que mi pie calzado con la bota sin tacón estaba hinchado por el tobillo y muy dolorido bajo el talón; de modo que me senté, me quité las botas y las arrojé lejos.

»Desperté a Weena y nos adentramos en el bosque, ahora verde y agradable en lugar de negro y aborrecible. Encontramos algunas frutas con las cuales rompimos nuestro ayuno. Pronto encontramos a otros delicados Eloi, riendo y danzando al sol como si no existiera en la naturaleza esa cosa que es la noche. Entonces pensé otra vez en la carne que había visto. Estaba ahora seguro de lo que era aquello, y desde el fondo de mi corazón me apiadé de aquel último y débil arroyuelo del gran río de la humanidad. Evidentemente, en cierto momento del largo pasado de la decadencia humana, el alimento de los Morlocks había escaseado. Quizá habían subsistido con ratas y con inmundicias parecidas. Aun ahora el hombre es mucho menos delicado y exclusivo para su alimentación de lo que era antes; mucho menos que cualquier mono. Su prejuicio contra la carne humana no es un instinto hondamente arraigado. ¡Así pues, aquellos inhumanos hijos de los hombres...! Intenté considerar aquello con espíritu científico. Después de todo, eran menos humanos y estaban más alejados que nuestros caníbales antepasados de hace tres o cuatro mil años. Y la inteligencia que hubiera hecho de ese estado de cosas un tormento había desaparecido. ¿Por qué inquietarme? Aquellos Eloi eran simplemente ganado para cebar, que, como las hormigas, los Morlocks preservaban y consumían, y a cuya cría tal vez atendían. ¡Y allí estaba Weena bailando a mi lado!

»Intenté entonces protegerme a mí mismo del horror que me invadía, considerando aquello como un castigo riguroso del egoísmo humano. El hombre se había contentado con vivir fácil y placenteramente a expensas del trabajo de sus hermanos, había tomado la necesidad como consigna y disculpa, y en la plenitud del tiempo la necesidad se había vuelto contra él. Intenté incluso una especie de desprecio a lo Carlyle de esta mísera aristocracia en decadencia. Pero esta actitud mental resultaba imposible. Por grande que hubiera sido su degeneración intelectual, los Eloi habían conservado en demasía la forma humana para no tener derecho a mi simpatía y hacerme compartir a la fuerza su degradación y su miedo.

»Tenía yo en aquel momento ideas muy vagas sobre el camino que seguir. La primera de ellas era asegurarme algún sitio para refugio, y fabricarme yo mismo las armas de metal o de piedra que pudiera idear. Esta necesidad era inmediata. En segundo lugar, esperaba proporcionarme algún medio de hacer fuego, teniendo así el arma de una antorcha en la mano, porque yo sabía que nada sería más eficaz que eso contra aquellos Morlocks. Luego, tenía que idear algún artefacto para romper las puertas de bronce que había bajo la Esfinge Blanca. Se me ocurrió hacer una especie de ariete. Estaba convencido de que si podía abrir aquellas puertas y tener delante una llama descubriría la Máquina del Tiempo y me escaparía. No podía imaginar que los Morlocks fuesen lo suficientemente fuertes para transportarla lejos. Estaba resuelto a llevar a Weena conmigo a nuestra propia época. Y, dando vueltas a estos planes, en mi cabeza proseguí mi camino hacia el edificio que mi fantasía había escogido para morada nuestra.»

X
EL PALACIO DE PORCELANA VERDE

»—Encontré el Palacio de Porcelana Verde, cuando nos acercamos al mismo al mediodía, desierto y casi en ruinas. Solo quedaban trozos de vidrio en sus ventanas, y extensas capas del verde revestimiento se habían desprendido de las armaduras metálicas corroídas. Estaba situado en lo más alto de una pendiente herbosa. Mirando, antes de entrar allí, hacia el nordeste, me sorprendió ver un ancho estuario, o incluso una ensenada, donde supuse que Wandsworth y Battersea debían haber estado. Pensé entonces —aunque luego no volví a pensar en ello— en qué debía haber sucedido, o qué estaba sucediendo, a los seres vivos en el mar.

»Los materiales del palacio resultaron ser, después de bien examinados, auténtica porcelana, y a lo largo de la fachada vi una inscripción en unos caracteres desconocidos. Pensé, más bien neciamente, que Weena podía ayudarme a interpretarla, pero me di cuenta luego de que la simple idea de la escritura no había entrado nunca en su cabeza. Ella me pareció siempre, creo yo, más humana de lo que era, quizá por ser su afecto tan humano.

»Pasadas las enormes hojas de la puerta —que estaban abiertas y rotas—, encontramos, en lugar del acostumbrado vestíbulo, una larga galería iluminada por numerosas ventanas laterales. A primera vista me recordó un museo. El enlosado estaba cubierto de polvo, y una notable exhibición de objetos diversos se ocultaba bajo aquella misma capa gris. Vi entonces, levantándose extraño y ahilado en el centro del vestíbulo, lo que era sin duda la parte inferior de un inmenso esqueleto. Reconocí por los pies oblicuos que se trataba de algún ser extinguido, de la especie del megaterio. El cráneo y los huesos superiores yacían al lado sobre una gruesa capa de polvo; y en un sitio en que el agua de la lluvia había caído por una gotera del techo, aquella osamenta estaba deteriorada. Más adelante, en la galería, se hallaba el enorme esqueleto encajonado de un brontosaurio. Mi hipótesis de un museo se confirmaba. En los lados encontré los que me parecieron ser estantes inclinados, y quitando la capa de polvo, descubrí las antiguas y familiares cajas encristaladas de nuestro propio tiempo. Pero debían ser herméticas al aire, a juzgar por la perfecta conservación de sus contenidos.

»¡Evidentemente, estábamos en medio de las ruinas de algún South Kensington de nuestros días! Allí estaba la Sección de Paleontología, que debía haber encerrado una espléndida serie de fósiles, aunque el inevitable proceso de descomposición, que había sido detenido por un tiempo y que había perdido gracias a la extinción de las bacterias y del moho, noventa y nueve centésimas de su fuerza, se había, sin embargo, puesto de nuevo manos a la obra con extrema seguridad, aunque con suma lentitud, para la destrucción de todos sus tesoros. Aquí y allá encontré vestigios de los pequeños seres en forma de raros fósiles rotos en pedazos o ensartados con fibra de cañas. Y las cajas, en algunos casos, habían sido removidas por los Morlocks, a mi juicio. Reinaba un gran silencio en aquel sitio. La capa de polvo amortiguaba nuestras pisadas. Weena, que hacía rodar un erizo de mar sobre

el cristal inclinado de una caja, se acercó pronto a mí
—mientras miraba yo fijamente alrededor—, me cogió
muy tranquilamente la mano y permaneció a mi lado.

»Al principio, me dejó tan sorprendido aquel antiguo
monumento de una época intelectual que no me paré a
pensar en las posibilidades que presentaba. Hasta la preocupación por la Máquina del Tiempo se alejó un tanto
de mi mente.

»A juzgar por el tamaño del lugar, aquel Palacio de
Porcelana Verde contenía muchas más cosas que una Galería de Paleontología; posiblemente tenía galerías histó-
ricas; ¡e incluso podía haber allí una biblioteca! Para mí,
al menos en aquellas circunstancias, hubiera sido mucho más interesante que aquel espectáculo de una vieja
geología en decadencia. En mi exploración encontré otra
corta galería, que se extendía transversalmente a la primera. Parecía estar dedicada a los minerales, y la vista
de un bloque de azufre despertó en mi mente la idea de
la potencia de la pólvora. Pero no pude encontrar sali-
tre; ni, en realidad, nitrato de ninguna clase. Sin duda
se habían disuelto hacía muchas edades. Sin embargo,
el azufre persistió en mi pensamiento e hizo surgir una
serie de asociaciones de cosas. En cuanto al resto del contenido de aquella galería, aunque era, en conjunto, lo
mejor conservado de todo cuanto vi, me interesaba poco.
No soy especialista en mineralogía. Me dirigí hacia un
ala muy ruinosa, paralela al primer vestíbulo en que habíamos entrado. Aparentemente, aquella sección estaba
dedicada a la Historia Natural, pero todo resultaba allí
imposible de reconocer. Unos cuantos vestigios encogi-
dos y ennegrecidos de lo que habían sido en otro tiempo

animales disecados, momias disecadas en frascos que habían contenido antaño alcohol, un polvo marrón de plantas desaparecidas: ¡esto era todo! Lo deploré, porque me hubiese alegrado trazar los pacientes reajustes por medio de los cuales habían conseguido hacer la conquista de la naturaleza animada. Luego, llegamos a una galería de dimensiones sencillamente colosales, pero muy mal iluminada, y cuyo suelo en suave pendiente hacía un ligero ángulo con la última galería por la que había entrado. Globos blancos pendían, a intervalos, del techo —muchos de ellos rajados y rotos— indicando que aquel sitio había estado al principio iluminado artificialmente. Allí me encontraba más en mi elemento, pues de cada lado se levantaban las enormes masas de unas gigantescas máquinas, todas muy corroídas y muchas rotas, pero algunas aún bastante completas. Como ustedes saben, siento cierta debilidad por la mecánica, y estaba dispuesto a detenerme entre ellas; tanto más cuanto que la mayoría ofrecían el interés de un rompecabezas, y yo no podía hacer más que vagas conjeturas respecto a su utilidad. Me imaginé que si podía resolver aquellos rompecabezas me encontraría en posesión de fuerzas que podían servirme contra los Morlocks.

»De pronto, Weena se acercó mucho a mí. Tan repentinamente, que me estremecí. Si no hubiera sido por ella no creo que hubiese yo notado que el suelo de la galería era inclinado, en absoluto. El extremo al que había llegado se hallaba por completo encima del suelo, y estaba iluminado por escasas ventanas parecidas a troneras. Al descender en su longitud, el suelo se elevaba contra aquellas ventanas, con solo una estrecha faja de luz en lo alto delante de cada una de ellas, hasta ser al final un foso, como el sótano de una casa de Londres. Avancé despacio, intentando averiguar el uso de las máquinas, y prestándoles demasiada atención para advertir la disminución gradual de la luz del día, hasta que las crecientes inquietudes de Weena atrajeron mi atención hacia ello. Vi entonces que la galería quedaba sumida al final en densas tinieblas. Vacilé, y luego, al mirar a mi alrededor, vi que la capa de polvo era menos abundante y su superficie menos lisa. Más lejos, hacia la oscuridad, parecía marcada por varias pisadas, menudas y estrechas. Mi sensación de la inmediata presencia de los Morlocks se reanimó ante aquello. Comprendí que estaba perdiendo el tiempo en aquel examen académico de la maquinaria. Recordé que la tarde se hallaba ya muy avanzada y que yo no tenía aún ni arma, ni refugio, ni medios de hacer fuego. Y luego, viniendo del fondo, en la remota oscuridad de la galería, oí el peculiar pateo, y los mismos raros ruidos que había percibido abajo en el pozo.

»Cogí la mano de Weena. Luego, con una idea repentina, la solté y volví hacia una máquina de la cual sobresalía una palanca bastante parecida a las de las garitas de señales en las estaciones. Subiendo a la plataforma, así aquella palanca y la torcí hacia un lado con toda mi fuerza. De repente, Weena, abandonada en la nave central, empezó a gemir. Había yo calculado la resistencia de la palanca con bastante corrección, pues al minuto de esfuerzos se partió, y me uní a Weena con un mazo en la mano, más que suficiente, creía yo, para romper el cráneo de cualquier Morlock que pudiese encontrar. Estaba impaciente por matar a un Morlock o a varios.

¡Les parecerá a ustedes muy inhumano aquel deseo de matar a mis propios descendientes! Pero era imposible, de un modo u otro, sentir ninguna piedad por aquellos seres. Tan solo mi aversión a abandonar a Weena, y el convencimiento de que si comenzaba a apagar mi sed de matanza mi Máquina del Tiempo sufriría por ello, me contuvieron de bajar derechamente a la galería y de ir a matar a los Morlocks que oía cerca.

»Así pues, con el mazo en una mano y llevando de la otra a Weena, salí de aquella galería y entré en otra más amplia aún, que a primera vista me recordó una capilla militar con banderas desgarradas colgadas. Pronto reconocí en los harapos oscuros y carbonizados que pendían a los lados restos averiados de libros. Desde hacía largo tiempo se habían caído a pedazos, desapareciendo en ellos toda apariencia de impresión. Pero aquí y allá, cubiertas acartonadas y cierres metálicos decían bastante sobre aquella historia. De haber sido yo un literato, hubiese podido quizá moralizar sobre la futileza de toda ambición. Pero tal como era, la cosa que me impresionó con más honda fuerza fue el enorme derroche de trabajo que aquella sombría mezcolanza de papel podrido atestiguaba. Debo confesar que en aquel momento pensé principalmente en las *Philosophical Transactions* y en mis propios diecisiete trabajos sobre física óptica.

»Luego, subiendo una ancha escalera llegamos a lo que debía haber sido en otro tiempo una galería de química técnica. Y allí tuve una gran esperanza de hacer descubrimientos útiles. Excepto en un extremo, donde el techo se había desplomado, aquella galería estaba bien conservada. Fui presuroso hacia las cajas que no estaban deshechas y que eran realmente herméticas. Y al fin, en una de ellas, encontré una caja de cerillas. Probé una a toda prisa. Estaban en perfecto estado. Ni siquiera parecían húmedas. Me volví hacia Weena. "¡Baila!", le grité en su propia lengua, pues ahora poseía yo una verdadera arma contra los horribles seres a quienes temíamos. Y así, en aquel museo abandonado, sobre el espeso y suave tapiz de polvo, ante el inmenso deleite de Weena, ejecuté solemnemente una especie de danza compuesta, silbando unos compases de *El País del Hombre Leal,* tan alegremente como pude. Era en parte un modesto cancán, en parte un paso de baile, en parte una danza de faldón (hasta donde mi levita lo permitía), y en parte original. Porque, como ustedes saben, soy inventivo por naturaleza.

»Aun ahora, pienso que el hecho de haber escapado aquella caja de cerillas al desgaste del tiempo durante años memoriales resultaba muy extraño, y para mí la cosa más afortunada. Además, de un modo bastante singular, encontré una sustancia más inverosímil, que fue alcanfor. Lo hallé en un frasco sellado que, por casualidad, supongo, había sido en verdad herméticamente cerrado. Creí, al principio, que sería cera de parafina, y, en consecuencia, rompí el cristal. Pero el olor del alcanfor era evidente. En la descomposición universal aquella sustancia volátil había sobrevivido casualmente, quizá a través de muchos miles de centurias. Esto me recordó una pintura en sepia que había visto ejecutar una vez con la tinta de una belemnita fósil hacía millones de años. Estaba a punto de tirarlo, pero recordé que el alcanfor era inflamable y que ardía con una buena y brillante llama —fue, en efecto, una excelente bujía— y me lo metí en el bolsillo.

No encontré, sin embargo, explosivos, ni medio alguno de derribar las puertas de bronce. Todavía mi palanca de hierro era la cosa más útil que poseía yo por casualidad. A pesar de ello salí de aquella galería altamente exaltado.

»No puedo contarles a ustedes toda la historia de aquella larga tarde. Exigiría un gran esfuerzo de memoria recordar mis exploraciones en todo su adecuado orden. Recuerdo una larga galería con panoplias de armas enmohecidas, y cómo vacilé entre mi palanca y un hacha o una espada. No podía, sin embargo, llevarme las dos, y mi barra de hierro prometía un mejor resultado contra las puertas de bronce. Había allí innumerables fusiles, pistolas y rifles. La mayoría eran masas de herrumbre, pero muchas estaban hechas de algún nuevo metal y se hallaban aún en bastante buen estado. Pero todo lo que pudo haber sido en otro tiempo cartuchos estaba convertido en polvo. Vi que una de las esquinas de aquella galería estaba carbonizada y derruida; quizá —me figuro yo— por la explosión de alguna de las muestras. En otro sitio había una amplia exposición de ídolos —polinésicos, mexicanos, griegos, fenicios—, creo que de todos los países de la tierra. Y allí, cediendo a un impulso irresistible, escribí mi nombre sobre la nariz de un monstruo de esteatita procedente de Sudamérica, que impresionó especialmente mi imaginación.

»A medida que caía la tarde, mi interés disminuía. Recorrí galería tras galería, polvorientas, silenciosas, con frecuencia ruinosas; los objetos allí expuestos eran a veces meros montones de herrumbre y de lignito, en algunos casos recientes. En un lugar me encontré de repente cerca del modelo de una mina de estaño, y entonces, por el más simple azar, descubrí dentro de una caja hermética dos cartuchos de dinamita. Lancé un «¡Eureka!» y rompí aquella caja con alegría. Entonces surgió en mi una duda. Vacilé. Luego, escogiendo una pequeña galería lateral, hice la prueba. No he experimentado nunca desengaño igual al que sentí esperando cinco, diez, quince minutos a que se produjese una explosión. Naturalmente, aquello era simulado, como debía haberlo supuesto por su sola presencia allí. Creo, en realidad, que, de no haber sido así, me hubiese precipitado inmediatamente y hecho saltar la Esfinge, las puertas de bronce y (como quedó probado) mis probabilidades de encontrar la Máquina del Tiempo, acabando con todo.

»Creo que fue después de aquello cuando llegué a un pequeño patio abierto del palacio. Estaba tapizado de césped y habían crecido tres árboles frutales en su centro. De modo que descansamos y nos refrescamos allí. Hacia el ocaso empecé a pensar en nuestra situación. La noche se arrastraba a nuestro alrededor y aún tenía que encontrar nuestro inaccesible escondite. Pero aquello me inquietaba ahora muy poco. Tenía en mi poder una cosa que era, quizá, la mejor de todas las defensas contra los Morlocks: ¡tenía cerillas! Llevaba también el alcanfor en el bolsillo, por si era necesario una llamarada. Me parecía que lo mejor que podíamos hacer era pasar la noche al aire libre, protegidos por el fuego. Por la mañana recuperaría la Máquina del Tiempo. Para ello, hasta entonces, tenía yo solamente mi mazo de hierro. Pero ahora, con mi creciente conocimiento, mis sentimientos respecto a aquellas puertas de bronce eran muy diferentes. Hasta aquel momento, me había abstenido de forzarlas, en gran parte a causa del misterio del otro lado. No me habían hecho nunca la impresión de ser muy resistentes, y esperaba que mi barra de hierro no sería del todo inadecuada para aquella obra.»

XI

EN LAS TINIEBLAS DEL BOSQUE

»—Salimos del palacio cuando el sol estaba aún en parte sobre el horizonte. Había yo decidido llegar a la Esfinge Blanca a la mañana siguiente muy temprano y tenía el propósito de atravesar antes del anochecer el bosque que me había detenido en mi anterior trayecto. Mi plan era ir lo más lejos posible aquella noche, y, luego, hacer un fuego y dormir bajo la protección de su resplandor. De acuerdo con esto, mientras caminábamos recogí cuantas ramas y hierbas secas vi, y pronto tuve los brazos repletos de tales elementos. Así cargado, avanzábamos más lentamente de lo que había previsto —y además Weena estaba rendida y yo empezaba también a tener sueño— de modo que era noche cerrada cuando llegamos al bosque. Weena hubiera querido detenerse en un altozano con arbustos que había en su lindero, temiendo que la oscuridad se nos anticipase; pero una singular sensación de calamidad inminente, que hubiera debido realmente servirme de advertencia, me impulsó hacia adelante. Había estado sin dormir durante dos días y una noche y me sentía febril e irritable. Sentía que el sueño me invadía, y que con él vendrían los Morlocks.

»Mientras vacilábamos, vi entre la negra maleza, a nuestra espalda, confusas en la oscuridad, tres figuras agachadas. Había matas y altas hierbas a nuestro alrededor, y yo no me sentía a salvo de su ataque insidioso. El bosque, según mi cálculo, debía tener menos de una milla de largo. Si podíamos atravesarlo y llegar a la ladera pelada, me parecía que encontraríamos un sitio donde descansar con plena seguridad; pensé que con mis cerillas y mi alcanfor lograría iluminar mi camino por el bosque. Sin embargo, era evidente que si tenía que agitar las cerillas con mis manos debería abandonar mi leña; así pues, la dejé en el suelo, más bien de mala gana. Y entonces se me ocurrió la idea de prenderle fuego para asombrar a los seres ocultos a nuestra espalda. Pronto iba a descubrir la atroz locura de aquel acto; pero entonces se presentó a mi mente como un recurso ingenioso para cubrir nuestra retirada.

»No sé si han pensado ustedes alguna vez qué extraña cosa debe resultar la llama en ausencia del hombre y en un clima templado. El calor del sol es rara vez lo bastante fuerte para producir llama, aunque esté concentrado por gotas de rocío, como ocurre a veces en las comarcas más tropicales. El rayo puede destrozar y carbonizar, mas con poca frecuencia es causa de incendios extensos. La vegetación que se descompone puede casualmente arder con el calor de su fermentación, pero es raro que produzca llama. En aquella época de decadencia, además, el arte de hacer fuego había sido olvidado en la tierra. Las rojas lenguas que subían lamiendo mi montón de leña eran para Weena algo nuevo y extraño por completo.

»Quería cogerlas y jugar con ellas. Creo que se hubiese arrojado dentro de no haberla yo contenido. Pero la levanté y, pese a sus esfuerzos, me adentré osadamente en el bosque. Durante un breve rato, el resplandor de aquel fuego iluminó mi camino. Al mirar luego hacia atrás, pude ver, entre los apiñados troncos, que de mi montón de ramaje la llama se había extendido a algunas matas contiguas y que una línea curva de fuego se arrastraba por la hierba de la colina. Aquello me hizo reír y volví de nuevo a caminar, avanzando entre los árboles oscuros. La oscuridad era completa, y Weena se aferraba a mí convulsivamente; pero como mis ojos se iban acostumbrando a las tinieblas, había aún la suficiente luz para permitirme evitar los troncos. Sobre mi cabeza todo estaba negro, excepto algún resquicio de cielo azul que brillaba aquí y allá sobre nosotros. No encendí ninguna de mis cerillas, porque no tenía las manos libres. Con mi brazo izquierdo sostenía a mi amiguita, y en la mano derecha llevaba mi barra de hierro.

»Durante un rato no oí más que los crujidos de las ramitas bajo mis pies, el débil susurro de la brisa sobre mí, mi propia respiración y los latidos de los vasos sanguíneos en mis oídos. Luego, me pareció percibir unos leves ruidos a mi alrededor. Apresuré el paso, ceñudo. Los ruidos se hicieron más claros, y capté los mismos extraños sonidos y las voces que había oído en el Mundo Subterráneo. Debían estar allí, evidentemente, varios Morlocks, y me iban rodeando. En efecto, un minuto después sentí un tirón de mi chaqueta, y luego de mi brazo. Weena se estremeció violentamente, para luego quedarse completamente quieta.

»Era el momento de encender una cerilla, pero para

ello tuve que dejar a Weena en el suelo. Así lo hice, y mientras registraba mi bolsillo, se inició una lucha en la oscuridad cerca de mis rodillas, completamente silenciosa por parte de ella y con los mismos peculiares sonidos arrulladores por parte de los Morlocks. Unas suaves manitas se deslizaban también sobre mi chaqueta y mi espalda, incluso mi cuello. Entonces rasqué y encendí la cerilla. La levanté flameante, y vi las blancas espaldas de los Morlocks que huían entre los árboles. Cogí presuroso un trozo de alcanfor de mi bolsillo, y me preparé a encenderlo tan pronto como la cerilla se apagase. Luego examiné a Weena. Yacía en tierra, agarrada a mis pies, completamente inanimada, de bruces sobre el suelo. Con un terror repentino me incliné hacia ella. Parecía respirar apenas. Encendí el trozo de alcanfor y, lo puse sobre el suelo; y mientras estallaba y llameaba, alejando los Morlocks y las sombras, me arrodillé y la incorporé. ¡El bosque, a mi espalda, parecía lleno de la agitación y del murmullo de una gran multitud!

»Ella parecía estar desmayada. La coloqué con sumo cuidado sobre mi hombro y me levanté para caminar, y entonces no me di cuenta de mi horrible situación. Al maniobrar con mis cerillas y con Weena, había yo dado varias vueltas sobre mí mismo, y ahora no tenía ni la más ligera idea de la dirección en que iba. Quizá estaba, incluso, ahora de espaldas al Palacio de Porcelana Verde. Sentí un sudor frío por mi cuerpo. Era preciso pensar rápidamente qué debía hacer. Decidí encender un fuego y acampar donde estábamos. Apoyé a Weena, todavía inanimada, sobre un tronco cubierto de musgo, y a toda prisa, cuando mi primer trozo de alcanfor iba a apagarse, empecé a amontonar ramas y hojas. Aquí y allá en las tinieblas, a mi alrededor, los ojos de los Morlocks brillaban como carbunclos.

»El alcanfor vaciló y se extinguió. Encendí una cerilla, y mientras lo hacía, dos formas blancas que se habían acercado a Weena huyeron apresuradamente. Una de ellas quedó tan cegada por la luz que vino derecho hacia mí, y sentí sus huesos partirse bajo mi violento puñetazo. Lanzó un grito de espanto, se tambaleó un momento y se desplomó. Encendí otro trozo de alcanfor y seguí acumulando la leña de mi hoguera. Pronto noté lo seco que estaba el follaje encima de mí, pues desde mi llegada en la Máquina del Tiempo, una semana antes, no había llovido. Por eso, en lugar de buscar entre los árboles caídos, empecé a alcanzar y a partir ramas. Conseguí enseguida un fuego sofocante de leña verde y de ramas secas, y pude economizar mi alcanfor. Entonces volví donde Weena, que yacía junto a mi maza de hierro. Intenté todo cuanto pude para reanimarla, pero estaba como muerta. No logré siquiera comprobar si respiraba o no.

»Ahora el humo del fuego me envolvía, y debió dejarme como embotado de pronto. Además, los vapores del alcanfor flotaban en el aire. Mi fuego podía durar aún una hora, aproximadamente. Me sentía muy débil después de aquellos esfuerzos, y me senté. El bosque también estaba lleno de un soñoliento murmullo que no podía yo comprender. Me pareció que dormitaba, y abrí los ojos. Pero todo estaba oscuro, y los Morlocks tenían sus manos sobre mí. Rechazando sus dedos que me asían, busqué apresuradamente la caja de cerillas de mi bolsillo, y... ¡había desaparecido! Entonces me agarraron y cayeron sobre mí de nuevo. En un instante supe lo sucedido: me había dormido, y mi fuego se había extinguido. La amargura de la muerte invadió mi alma. La selva parecía llena del olor a madera quemada. Fui cogido del cuello, del pelo, de los brazos y derribado. Era de un horror indecible sentir en las tinieblas todos aquellos seres amontonados sobre mí. Tuve la sensación de hallarme apresado en una monstruosa telaraña. Estaba vencido y me abandoné. Sentí que unos dientecillos me mordían en el cuello. Rodé hacia un lado y mi mano cayó por casualidad sobre mi palanca de hierro. Esto me dio nuevas fuerzas. Luché, apartando de mí aquellas ratas humanas, y sujetando la barra con fuerza, la hundí donde juzgué que debían estar sus caras. Sentía bajo mis golpes el magnífico aplastamiento de la carne y de los huesos, y por un instante estuve libre.

»La extraña exultación que con tanta frecuencia parece acompañar una lucha encarnizada me invadió. Sabía que Weena y yo estábamos perdidos, pero decidí hacerles pagar caro su alimento a los Morlocks. Me levanté, y apoyándome contra un árbol, blandí la barra de hierro ante mí. El bosque entero estaba lleno de la agitación y del griterío de ellos. Pasó un minuto. Sus voces parecieron elevarse hasta un alto grado de excitación y sus movimientos se hicieron más rápidos. Sin embargo, ninguno se puso a mi alcance. Permanecí mirando fijamente a las tinieblas. Luego tuve de repente una esperanza. ¿Qué era lo que podía espantar a los Morlocks? Y pisándole los talones a esta pregunta sucedió una extraña cosa. Las tinieblas parecieron tornarse luminosas. Muy confusamente comencé a ver a los Morlocks a mi alrededor

—tres de ellos derribados a mis pies— y entonces reconocí, con una sorpresa incrédula, que los otros huían, en una oleada incesante, al parecer, por detrás de mí y que desaparecían en el bosque. Sus espaldas no eran ya blancas sino rojizas. Mientras permanecí boquiabierto, vi una chispita roja flotar y disiparse en un retazo de cielo estrellado, a través de las ramas. Y entonces comprendí el olor a madera quemada, el murmullo monótono que se había convertido ahora en un borrascoso estruendo, el resplandor rojizo y la huida de los Morlocks.

»Separándome del tronco de mi árbol y mirando hacia atrás, vi entre las negras columnas de los árboles más cercanos las llamas del bosque incendiado. Era mi primer fuego, que me seguía. Busqué a Weena, pero había desaparecido. Detrás de mí los silbidos y las crepitaciones, el ruido estallante de cada árbol que se prendía me dejaban poco tiempo para reflexionar. Con mi barra de hierro asida aún seguí la trayectoria de los Morlocks. Fue una carrera precipitada. En una ocasión las llamas avanzaron tan rápidamente a mi derecha, mientras corría, que fui adelantado y tuve que desviarme hacia la izquierda. Pero al fin salí a un pequeño claro, y en el mismo momento un Morlock vino hacia mí, me pasó, ¡y se precipitó derechamente en el fuego!

»Ahora iba yo a contemplar la cosa más fantasmagórica y horripilante, creo, de todas las que había visto en aquella edad futura. Todo el espacio descubierto estaba tan iluminado como si fuese de día por el reflejo del incendio. En el centro había un montículo o túmulo, coronado por un espino abrasado. Detrás, otra parte del bosque incendiado, con lenguas amarillas que se retorcían, cercando por completo el espacio con una barrera de fuego. Sobre la ladera de la colina estaban treinta o cuarenta Morlocks, cegados por la luz y el calor, corriendo desatinadamente de un lado para otro, chocando entre ellos en su trastorno. Al principio no pensé que estuvieran cegados, y cuando se acercaron los golpeé furiosamente con mi barra, en un frenesí de pavor, matando a uno y lisiando a varios más. Pero cuando hube observado los gestos de uno de ellos, yendo a tientas entre el espino bajo el rojo cielo, y oí sus quejidos, me convencí de su absoluta y desdichada impotencia bajo aquel resplandor, y no los golpeé más.

»Sin embargo, de vez en cuando uno de ellos venía directamente hacia mí, causándome un estremecimiento de horror que hacía que le rehuyese con toda premura. En un momento dado las llamas bajaron, y temí que aquellos inmundos seres consiguieran pronto verme. Pensé incluso entablar la lucha matando a algunos de ellos antes de que sucediese aquello; pero el fuego volvió a brillar voraz, y contuve mi mano. Me paseé alrededor de la colina entre ellos, rehuyéndolos, buscando alguna huella de Weena. Pero Weena había desaparecido.

»Finalmente me senté en la cima del montículo y contemplé aquel increíble tropel de seres ciegos arrastrándose de aquí para allá, y lanzando pavorosos gritos mientras el resplandor del incendio los envolvía. Las densas volutas de humo ascendían hacia el cielo, y a través de los raros resquicios de aquel rojo dosel, lejanas como si perteneciesen a otro universo, brillaban menudas las estrellas. Dos o tres Morlocks tropezaron conmigo, pero los rechacé a puñetazos, temblando al hacerlo.

»Durante la mayor parte de aquella noche tuve el convencimiento de que aquello era una pesadilla. Me mordí a mí mismo y grité, con el ardiente deseo de despertarme. Golpeé la tierra con mis manos, me levanté y volví a sentarme, vagué de un lado a otro y me senté de nuevo. Luego llegué a frotarme los ojos y a pedir a Dios que me despertase. Tres veces vi a unos Morlocks lanzarse dentro de las llamas en una especie de agonía. Pero al final, por encima de las encalmadas llamas del incendio, por encima de las flotantes masas de humo negro, el blancor y la negrura de los troncos, y el número decreciente de aquellos seres indistintos, se difundió la blanca luz del día.

»Busqué de nuevo las huellas de Weena, pero allí no encontré ninguna. Era evidente que ellos habían abandonado su pobre cuerpecillo en el bosque. No puedo describir hasta qué punto alivió mi dolor el pensar que ella se había librado del horrible destino que parecía estarle reservado. Pensando en esto, sentí casi impulsos de comenzar la matanza de las impotentes abominaciones que estaban a mi alrededor, pero me contuve. Aquel montículo, como ya he dicho, era una especie de isla en el bosque. Desde su cumbre podía ahora descubrir, a través de una niebla de humo, el Palacio de Porcelana Verde, y desde allí orientarme hacia la Esfinge Blanca. Y así, abandonando el resto de aquellas almas malditas, que se movían aún de aquí para allá gimiendo, mientras el día iba clareando, até algunas hierbas alrededor de mis pies y avancé cojeando —entre las cenizas humeantes y los troncos negruzcos, agitados aún por el fuego en una conmoción interna—, hacia el escondite de la Máquina del

Tiempo. Caminaba despacio, pues estaba casi agotado, y asimismo cojo, y me sentía hondamente desdichado por la horrible muerte de la pequeña Weena. Me parecía una calamidad abrumadora. Ahora, en esta vieja habitación familiar, aquello se me antoja más la pena de un sueño que una pérdida real. Pero aquella mañana su pérdida me dejó, otra vez, solo por completo, terriblemente solo. Empecé a pensar en esta casa mía, en este rincón junto al fuego, en algunos de ustedes, y con tales pensamientos se apoderó de mí un anhelo que era un sufrimiento.

»Pero, al caminar sobre las cenizas humeantes bajo el brillante cielo matinal, hice un descubrimiento. En el bolsillo del pantalón quedaban algunas cerillas. Debían haberse caído de la caja antes de perderse esta.»

XII
La trampa de la Esfinge Blanca

»—Alrededor de las ocho o las nueve de la mañana llegué al mismo asiento de metal amarillo desde el cual había contemplado el mundo la noche de mi llegada. Pensé en las conclusiones precipitadas que había hecho aquella noche, y no pude dejar de reírme amargamente de mi presunción. Allí estaba aún el mismo bello paisaje, el mismo abundante follaje; los mismos espléndidos palacios y magníficas ruinas, el mismo río plateado corriendo entre sus fértiles orillas. Los alegres vestidos de aquellos delicados seres se movían de aquí para allí entre los árboles. Algunos se bañaban en el sitio preciso en que había yo salvado a Weena, y esto me asestó de repente una aguda puñalada de dolor. Como manchas sobre el paisaje se elevaban las cúpulas por encima de los caminos hacia el Mundo Subterráneo. Sabía ahora lo que ocultaba toda la belleza del Mundo Superior. Sus días eran muy agradables, como lo son los días que pasa el ganado en el campo. Como el ganado, ellos ignoraban que tuviesen enemigos, y no prevenían sus necesidades. Y su fin era el mismo.

»Me afligió pensar cuan breve había sido el sueño de la inteligencia humana. Se había suicidado. Se había puesto con firmeza en busca de la comodidad y el bienestar de una sociedad equilibrada con seguridad y estabilidad como lema; había cumplido sus esperanzas, para llegar a esto al final. Alguna vez, la vida y la propiedad debieron alcanzar una seguridad casi absoluta. Al rico le habían garantizado su riqueza y su bienestar, al trabajador su vida y su trabajo. Sin duda, en aquel mundo perfecto no había existido ningún problema de desempleo, ninguna cuestión social dejada sin resolver. Y esto había sido sucedido por una gran calma.

»Una ley natural que olvidamos es que la versatilidad intelectual es la compensación por el cambio, el peligro y la inquietud. Un animal en perfecta armonía con su medio ambiente es un perfecto mecanismo. La naturaleza no hace nunca un llamamiento a la inteligencia hasta que el hábito y el instinto son inútiles. No hay inteligencia allí donde no hay cambio ni necesidad de cambio. Solo los animales que cuentan con inteligencia tienen que hacer frente a una enorme variedad de necesidades y de peligros.

»Así pues, como podía ver, el hombre del Mundo Superior había derivado hacia su blanda belleza, y el del Mundo Subterráneo hacia la simple industria mecánica. Pero aquel perfecto estado carecía aún de una cosa para alcanzar la perfección mecánica: la estabilidad absoluta. Evidentemente, a medida que transcurría el tiempo, la subsistencia del Mundo Subterráneo, como quiera que se efectuase, se había alterado. La madre necesidad, que había sido rechazada durante algunos milenios, volvió otra vez y comenzó de nuevo su obra, abajo. El Mundo Subterráneo, al estar en contacto con una maquinaria que, aun siendo perfecta, necesitaba un poco de pensamiento además del hábito, había probablemente conservado, por fuerza, bastante más iniciativa, pero menos carácter humano que el Superior. Y cuando les faltó un tipo de carne, acudieron a lo que una antigua costumbre les había prohibido hasta entonces. Lo vi en mi última mirada el mundo del año 802.701. Esta es, tal vez, la explicación más errónea que puede inventar un mortal. Esta es, sin embargo, la forma en que se construyó en mi cabeza y así se la ofrezco a ustedes.

»Después de las fatigas, las emociones y los terrores de los pasados días, y pese a mi dolor, aquel asiento, la tranquila vista y el calor del sol eran muy agradables. Estaba muy cansado y soñoliento, y pronto mis especulaciones se convirtieron en sopor. Comprendiéndolo así, acepté mi propia sugerencia y, tendiéndome sobre el césped, gocé de un sueño largo y reconfortante.

»Me desperté poco antes de ponerse el sol. Me sentía ahora a salvo de ser sorprendido por los Morlocks y, desperezándome, bajé por la colina hacia la Esfinge Blanca.

Llevaba mi palanca en una mano, y con la otra jugaba con las cerillas en mi bolsillo.

»Y ahora viene lo más inesperado. Al acercarme al pedestal de la esfinge, encontré las hojas de bronce abiertas. Habían resbalado hacia abajo sobre unas ranuras.

»Ante esto me detuve en seco, vacilando en entrar.

»Dentro había un pequeño aposento, y en un rincón elevado estaba la Máquina del Tiempo. Tenía las pequeñas palancas en mi bolsillo. Así pues, después de todos mis estudiados preparativos para el asedio de la Esfinge Blanca, me encontraba con una humilde rendición. Tiré mi barra de hierro, casi lamentando no haberla usado.

»Me vino a la mente un repentino pensamiento cuando me agachaba hacia la entrada. Por una vez, al menos, capté las operaciones mentales de los Morlocks. Conteniendo un enorme deseo de reír, pasé bajo el marco de bronce y avancé hacia la Máquina del Tiempo. Me sorprendió observar que había sido cuidadosamente engrasada y limpiada. Desde entonces he sospechado que los Morlocks la habían desmontado en parte, intentando a su insegura manera averiguar para qué servía.

»Ahora, mientras la examinaba, encontrando un placer en el simple contacto con el aparato, sucedió lo que yo esperaba. Los paneles de bronce resbalaron de repente y cerraron el marco con un ruido metálico. Me hallé en la oscuridad, cogido en la trampa. Eso pensaban los Morlocks. Me reí entre dientes, gozosamente.

»Oía ya su risueño murmullo mientras avanzaban hacia mí. Con toda tranquilidad intenté encender una cerilla. No tenía más que tirar de las palancas y partiría como un fantasma. Pero había olvidado una cosa insignificante.

Las cerillas eran de esa clase abominable que solo se enscienden rascándolas sobre la caja.

»Pueden ustedes imaginar cómo desapareció toda mi calma. Los pequeños brutos estaban muy cerca de mí. Uno de ellos me tocó. Con la ayuda de las palancas barrí de un golpe la oscuridad y empecé a subir al sillín de la máquina. Entonces, una mano se posó sobre mí y luego otra. Tenía, por tanto, simplemente que luchar contra sus dedos persistentes para defender mis palancas y al mismo tiempo encontrar a tientas los pernos sobre los cuales encajaban. Casi consiguieron apartar una de mí, pero cuando sentí que me escurría de la mano, no tuve más remedio que topar mi cabeza en la oscuridad —pude oír retumbar el cráneo del Morlock— para recuperarla. Creo que aquel último esfuerzo representaba algo más inmediato que la lucha en la selva.

»Finalmente la palanca quedó encajada y la puesta en marcha. Las manos que me asían se desprendieron de mí. Las tinieblas se disiparon luego ante mis ojos. Y me encontré en la misma luz grisácea y entre el mismo tumulto que ya he descrito.»

XIII
La visión más distante

»—Ya les he narrado las náuseas y la confusión que produce el viajar a través del tiempo. Y ahora no estaba yo bien sentado en el sillín, sino de lado y de un modo inestable. Durante un tiempo indefinido me agarré a la máquina, que oscilaba y vibraba, sin preocuparme en absoluto cómo iba, y cuando quise mirar los cuadrantes de nuevo, me dejó asombrado ver a dónde había llegado. Uno de los cuadrantes señala los días; otro, los millares de días; otro, los millones de días, y otro, los miles de millones. Ahora, en lugar de poner las palancas en marcha atrás las había puesto en posición de marcha hacia delante, y cuando consulté aquellos indicadores vi que la aguja de los millares iba de prisa como la del segundero de un reloj, llevándome hacia el futuro.

»Entretanto, un cambio peculiar se efectuaba en el aspecto de las cosas. La palpitación grisácea se tornó oscura; entonces —aunque estaba yo viajando todavía a una velocidad prodigiosa— la sucesión parpadeante del día y de la noche, que indicaba por lo general una marcha aminorada, se volvió cada vez más acusada. Esto me desconcertó mucho al principio. Las alternativas de día y de noche se hicieron más y más lentas, así como también el paso del sol por el cielo, aunque parecían extenderse a través de las centurias. Al final, un constante crepúsculo envolvió la tierra, un crepúsculo interrumpido tan solo de vez en cuando por el resplandor de un cometa en el cielo entenebrecido. La faja de luz que señalaba el sol había desaparecido hacía largo rato, pues el sol no se ponía; simplemente se levantaba y descendía por el oeste, mostrándose más grande y más rojo. Todo rastro de la luna habíase desvanecido. Las revoluciones de las estrellas, cada vez más lentas, fueron sustituidas por puntos de luz que ascendían despacio. Al final, poco antes de hacer yo alto, el sol rojo e inmenso se quedó inmóvil sobre el horizonte: una amplia cúpula que brillaba con un resplandor empañado y que sufría de vez en cuando una extinción momentánea. Una vez se reanimó un poco mientras brillaba con más fulgor nuevamente, pero recobró enseguida su rojo y sombrío resplandor. Comprendí que por aquel aminoramiento de su salida y de su puesta se realizaba la obra de las mareas. La tierra reposaba con una de sus caras vuelta hacia el sol, del mismo modo que en nuestra época la luna presenta su cara a la tierra. Muy cautelosamente, pues recordé mi anterior caída de bruces, empecé a invertir el movimiento. Giraron cada vez más despacio las agujas, hasta que la de los millares pareció inmovilizarse y la de los días dejó de ser una simple nube sobre su cuadrante. Más despacio aún, hasta que los vagos contornos de una playa desolada se hicieron visibles.

»Me detuve muy delicadamente y, sentado en la Máquina del Tiempo, miré alrededor. El cielo ya no era azul. Hacia el nordeste era negro como tinta, y en aquellas tinieblas brillaban con gran fulgor, incesantemente, las pálidas estrellas. Sobre mí era de un almagre intenso y sin estrellas, y al sudeste se hacía brillante, llegando a un escarlata resplandeciente hasta donde, cortado por el horizonte, estaba el inmenso disco del sol, rojo e inmóvil. Las rocas a mi alrededor eran de un áspero color rojizo, y el único vestigio de vida que pude ver al principio fue la vegetación intensamente verde que cubría cada punto saliente sobre su cara del sudeste. Era ese mismo verde opulento que se ve en el musgo de la selva o en el liquen de las cuevas: plantas que, como estas, crecen en un perpetuo crepúsculo.

»La máquina se había parado sobre una playa en pendiente. El mar se extendía hacia el sudeste, levantándose claro y brillante sobre el cielo pálido. No había allí ni rompientes ni olas, pues no soplaba ni una ráfaga de viento. Solo una ligera y oleosa ondulación mostraba que el mar eterno aún se agitaba y vivía. Y a lo largo de la orilla, donde el agua rompía a veces, había una gruesa capa de sal rosada bajo el cielo espeluznante. Sentía una opresión en mi cabeza, y noté que tenía la respiración muy agitada. Aquella sensación me recordó mi único ensayo de montañismo, y por ello deduje que el aire debía estar más enrarecido que ahora.

»Muy lejos, en lo alto de la desolada pendiente, oí un áspero grito y vi una cosa parecida a una inmensa mariposa blanca inclinarse revoloteando por el cielo y, dando vueltas, desaparecer sobre unas lomas bajas. Su chillido era tan lúgubre que me estremecí, asentándome con más firmeza en la máquina. Mirando nuevamente a mi alrededor vi que, muy cerca, lo que había tomado por una rojiza masa de rocas se movía lentamente hacia mí. Percibí entonces que aquello era en realidad, un ser monstruoso parecido a un cangrejo. ¿Pueden ustedes imaginar un cangrejo tan grande como aquella masa, moviendo lentamente sus numerosas patas, bamboleándose, cimbreando sus enormes pinzas, sus largas antenas, como látigos de carretero, ondulantes tentáculos, con sus ojos acechándoles centelleantes a cada lado de su frente metálica? Su lomo era rugoso y adornado de protuberancias desiguales, y unas verdosas incrustaciones lo recubrían aquí y allá. Veía yo, mientras se movía, los numerosos palpos de su complicada boca agitarse y tantear.

»Mientras miraba con asombro aquella siniestra aparición que se arrastraba hacia mí, sentí sobre mi mejilla un cosquilleo, como si una mosca se posase en ella. Intenté apartarla con la mano, pero al momento volvió, y casi inmediatamente sentí otra sobre mi oreja. La apresé y cogí algo parecido a un hilo. Se me escapó rápidamente de la mano. Con una náusea atroz me volví y pude ver que había atrapado la antena de otro monstruoso cangrejo que estaba detrás de mí. Sus ojos malignos ondulaban sus pedúnculos, su boca estaba animada de voracidad, y sus recias pinzas torpes, untadas de un limo algáceo, iban a caer sobre mí. En un instante mi mano asió la palanca y puse un mes de intervalo entre aquellos monstruos y yo. Pero me encontré aún en la misma playa, y los vi claramente en cuanto paré. Docenas de ellos parecían arrastrarse aquí y allá, en la sombría luz, entre las capas superpuestas de un verde intenso.

»No puedo describir la sensación de abominable desolación que pesaba sobre el mundo. El cielo rojo al oriente, el norte entenebrecido, el salobre Mar Muerto, la playa cubierta de guijarros donde se arrastraban aquellos inmundos, lentos y excitados monstruos; el verde uniforme de aspecto venenoso de las plantas de liquen, aquel aire enrarecido que desgarraba los pulmones: todo contribuía a crear aquel aspecto aterrador. Hice que la máquina me llevase cien años hacia delante; y había allí el mismo sol rojo —un poco más grande, un poco más empañado—, el mismo mar moribundo, el mismo aire helado y el mismo amontonamiento de los bastos crustáceos entre la verde hierba y las rojas rocas. Y en el cielo occidental vi una pálida línea curva, como una enorme luna nueva.

»Viajé así, deteniéndome de vez en cuando, a grandes zancadas de mil años o más, arrastrado por el misterio del destino de la tierra, viendo con una extraña fascinación cómo el sol se tornaba más grande y más empañado en el cielo de occidente, y la vida de la vieja tierra iba decayendo. Finalmente, a más de treinta millones de años de aquí, la inmensa e intensamente roja cúpula del sol acabó por oscurecer cerca de una décima parte de los cielos sombríos. Entonces me detuve una vez más, pues la multitud de cangrejos había desaparecido, y la rojiza playa, salvo por sus plantas hepáticas y sus líquenes de un verde lívido, parecía sin vida. Ahora estaba cubierta de una capa blanca. Un frío penetrante me asaltó. Escasos copos blancos caían de vez en cuando, remolineando. Hacia el nordeste, el relumbrar de la nieve se extendía bajo la luz de las estrellas de un cielo negro, y pude ver las cumbres ondulantes de unas lomas de un blanco rosado. Había allí flecos de hielo a lo largo de la orilla del mar, con masas flotantes más lejos; pero la mayor extensión de aquel océano salado, todo sangriento bajo el eterno sol poniente, no estaba helada aún.

»Miré a mi alrededor para ver si quedaba rastro alguno de vida animal. Cierta indefinible aprensión me mantenía en el sillín de la máquina. Pero no vi moverse nada, ni en la tierra, ni en el cielo, ni en el mar. Solo el légamo verde sobre las rocas atestiguaba que la vida no se había extinguido. Un banco de arena apareció en el mar y el agua habíase retirado de la costa. Creí ver algún objeto negro aleteando sobre aquel banco, pero cuando lo observé permaneció inmóvil. Deduje que mis ojos me habían engañado y que el negro objeto era simplemente una roca. Las estrellas en el cielo brillaban con intensidad, y me pareció que centelleaban muy levemente.

»De repente, noté que el contorno occidental del sol había cambiado; que una concavidad, una bahía, aparecía en la curva. Vi que se ensanchaba. Durante un minuto, quizá, contemplé horrorizado aquellas tinieblas que invadían lentamente el día, y entonces comprendí que comenzaba un eclipse. La luna o el planeta Mercurio pasaban ante el disco solar. Naturalmente, al principio me pareció que era la luna, pero me inclino a creer que lo que vi en realidad era el tránsito de un planeta interior que pasaba muy próximo a la tierra.

»La oscuridad aumentaba rápidamente; un viento frío comenzó a soplar en ráfagas refrescantes del este, y la caída de los copos blancos en el aire creció en número. De la orilla del mar vinieron una agitación y un murmullo. A excepción de estos ruidos inanimados, el mundo estaba silencioso. ¿Silencioso? Sería difícil describir aquella calma. Todos los ruidos humanos, el balido del rebaño, los gritos de los pájaros, el zumbido de los insectos, el bullicio que forma el fondo de nuestras vidas, todo aquello había desaparecido. Cuando las tinieblas se adensaron, los copos arremolinados cayeron más abundantes, danzando ante mis ojos. Al final, rápidamente, uno tras otro, los blancos picachos de las lejanas colinas se desvanecieron en la oscuridad. La brisa se convirtió en un viento quejumbroso. Vi la negra sombra central del eclipse difundirse hacia mí. En otro momento, solo las pálidas estrellas fueron visibles. Todo lo demás estaba sumido en las tinieblas. El cielo era completamente negro.

»Me invadió el horror de aquellas grandes tinieblas.

El frío que me penetraba hasta los tuétanos y el dolor que sentía al respirar me vencieron. Me estremecí, y una náusea mortal se apoderó de mí. Entonces, como un arco candente en el cielo, apareció el borde del sol. Bajé de la máquina para reanimarme. Me sentía aturdido e incapaz de afrontar el viaje de vuelta. Mientras permanecía así, angustiado y confuso, vi de nuevo aquella cosa movible sobre el banco —no había, ya, duda alguna de que aquello se movía— resaltar contra el agua roja del mar. Era una cosa redonda, del tamaño de un balón de fútbol, quizá, o acaso mayor, con unos tentáculos que le arrastraban por detrás; parecía negra contra las agitadas aguas rojo sangre, y brincaba torpemente de aquí para allá. Entonces sentí que me iba a desmayar. Pero un terror espantoso a quedar tendido e impotente en aquel crepúsculo remoto y tremendo me sostuvo mientras trepaba sobre el sillín.

»Y así he vuelto. Debí permanecer largo tiempo sin sentido sobre la máquina. La sucesión intermitente de los días y las noches se reanudó, el sol salió dorado de nuevo, el cielo volvió a ser azul. Respiré con mayor facilidad. Los contornos fluctuantes de la tierra fluyeron y refluyeron. Las agujas giraron hacia atrás sobre los cuadrantes. Al final vi otra vez vagas sombras de casas, los testimonios de la humanidad decadente. Estas también cambiaron y pasaron, aparecieron otras. Luego, cuando el cuadrante del millón estuvo a cero, aminoré la velocidad. Empecé a reconocer nuestra mezquina y familiar arquitectura, la aguja de los millares volvió rápidamente a su punto de partida, la noche y el día alternaban cada vez más despacio. Luego los viejos muros del laboratorio me rodearon. Muy suavemente, ahora, fui parando el mecanismo.

»Observé una cosa insignificante que me pareció rara. Creo haberles dicho a ustedes que, cuando partí, antes de que mi velocidad llegase a ser muy grande, la señora Watchett, mi ama de llaves, había cruzado la habitación, moviéndose, eso me pareció a mí, como un cohete. A mi regreso pasé de nuevo por el minuto en que ella cruzaba el laboratorio. Pero ahora, cada movimiento suyo pareció ser exactamente contrario a los que había ella hecho antes. La puerta del extremo inferior se abrió, y ella se deslizó tranquilamente en el laboratorio, de espaldas, y desapareció detrás de la puerta por donde había entrado antes. Exactamente en el minuto precedente me pareció ver un momento a Hillyer, pero él pasó como un relámpago.

»Entonces detuve la máquina, y vi otra vez a mi alrededor el viejo laboratorio familiar, mis instrumentos, mis aparatos, exactamente como los había dejado. Bajé de la máquina todo trémulo, y me senté en mi banco. Durante varios minutos estuve temblando violentamente. Luego me calmé. A mi alrededor estaba de nuevo mi antiguo taller exactamente como se hallaba antes. Seguramente me había dormido allí, y todo aquello había sido un sueño.

»¡Y, sin embargo, no era así exactamente! La máquina había partido del rincón sudeste del laboratorio. Estaba arrimada de nuevo al noroeste, contra la pared donde la han visto ustedes. Esto les indicará la distancia exacta que había desde la praderita hasta el pedestal de la Esfinge Blanca, a cuyo interior habían trasladado mi máquina los Morlocks.

»Durante un rato mi cerebro quedó paralizado. Luego

me levanté y vine aquí por el pasadizo, cojeando, pues me sigue doliendo el talón, y sintiéndome desagradablemente desaseado. Vi la *Pall Mall Gazette* sobre la mesa junto a la puerta. Descubrí que la fecha era, en efecto, la de hoy, y mirando el reloj vi que marcaba casi las ocho. Oí las voces de ustedes y el ruido de los platos. Vacilé. ¡Me sentía tan extenuado y débil! Entonces olí una buena y sana comida, abrí la puerta y aparecí ante ustedes. Ya conocen el resto. Me lavé, comí, y ahora les he contado la aventura».

—Sé —dijo el Viajero del Tiempo después de una pausa— que todo esto les parecerá completamente increíble. Para mí la única cosa increíble es estar aquí esta noche, en esta vieja y familiar habitación, viendo sus caras amigas y contándoles estas extrañas aventuras.

Miró al Doctor.

—No. No puedo esperar que usted crea esto. Tome mi relato como una patraña o como una profecía. Diga usted que he soñado en mi taller. Piense que he meditado sobre los destinos de nuestra raza hasta haber tramado esta ficción. Considere mi afirmación de su autenticidad como una simple pincelada artística para aumentar su interés. Y tomando así el relato, ¿qué piensa usted de él?

XIV
DESPUÉS DEL RELATO DEL VIAJERO DEL TIEMPO

Cogió su pipa y comenzó, como solía hacerlo por costumbre, a dar con ella nerviosamente sobre las barras de la parrilla. Hubo un silencio momentáneo. Luego las sillas empezaron a crujir y los pies a restregarse sobre la alfombra. Aparté los ojos de la cara del Viajero del Tiempo y miré a los oyentes a mi alrededor. Estaban en la oscuridad, y pequeñas manchas de color flotaban ante ellos. El Doctor parecía absorto en la contemplación de nuestro anfitrión. El Editor del periódico miraba con obstinación la punta de su cigarro, el sexto. El Periodista sacó su reloj. Los otros, si mal no recuerdo, estaban inmóviles.

El Editor se puso en pie con un suspiro y dijo:

—¡Lástima que no sea usted escritor de cuentos! —y puso su mano en el hombro del Viajero del Tiempo.

—¿No cree usted esto?

—Pues yo...

—Me lo figuraba.

El Viajero del Tiempo se volvió hacia nosotros.

—¿Dónde están las cerillas? —dijo. Encendió una entre bocanadas de humo de su pipa y habló—: Si he decirles la verdad..., apenas creo yo mismo en ello... Y, sin embargo...

Sus ojos cayeron con una muda interrogación sobre las flores blancas marchitas que había sobre la mesita. Luego volvió la mano con que asía la pipa, y vi que examinaba unas cicatrices, a medio curar, sobre sus nudillos.

El Doctor se levantó, fue hacia la lámpara y examinó las flores.

—El gineceo es raro —dijo.

El Psicólogo se inclinó para ver y tendió la mano para coger una de ellas.

—¡Que me cuelguen! ¡Es la una menos cuarto! —exclamó el Periodista—. ¿Cómo voy a volver a mi casa?

—Hay muchos taxis en la estación —dijo el Psicólogo.

—Es una cosa curiosísima —dijo el Doctor—, pero no sé realmente de qué tipo son estas flores. ¿Puedo llevármelas?

El Viajero del Tiempo titubeó. Y luego, de pronto:

—¡De ningún modo! —contestó.

—¿Dónde las ha encontrado usted en realidad? —preguntó el Doctor.

El Viajero del Tiempo se llevó la mano a la cabeza. Habló como quien intenta mantener asida una idea que se le escapa.

—Me las metió en el bolsillo Weena, cuando viajé a través del tiempo.

Miró desconcertado a su alrededor.

—¡Desdichado de mí si todo esto no se borra! Esta habitación, ustedes y esta atmósfera de la vida diaria son demasiado para mi memoria. ¿He construido yo alguna vez una Máquina del Tiempo, o un modelo de ella? ¿O es esto solamente un sueño? Dicen que la vida es un sueño, un pobre sueño a veces precioso... pero no puedo hallar otro que encaje. Es una locura. ¿Y de dónde me ha venido este sueño...? Tengo que ir a ver esa máquina, ¡si es que existe!

Cogió presuroso la lámpara, franqueó la puerta y la llevó, con su luz roja, a lo largo del corredor. Le seguimos. Allí, bajo la vacilante luz de la lámpara, estaba en toda su realidad la máquina, rechoncha, fea y sesgada; un artefacto de bronce, ébano, marfil y cuarzo translúcido y reluciente. Sólida al tacto, pues alargué la mano y palpé sus barras con manchas y tiznes color marrón sobre el marfil, y briznas de hierba y mechones de musgo adheridos a su parte inferior, y una de las barras torcida oblicuamente.

El Viajero del Tiempo dejó la lámpara sobre el banco y recorrió con su mano la barra averiada.

—Todo está bien —dijo—. El relato que les he contado era cierto. Siento haberles traído aquí, al frío.

Cogió la lámpara y, en medio de un silencio absoluto, volvimos a la sala de fumar. Nos acompañó al vestíbulo y ayudó al Editor a ponerse el gabán. El Doctor le miraba a la cara y, con cierta vacilación, le dijo que debía alterarle el trabajo excesivo, lo cual le hizo reír a carcajadas. Lo recuerdo de pie en el umbral, gritándonos buenas noches.

Tomé un taxi con el Editor del periódico, quien este que el relato era una "brillante mentira". Por mi parte, me sentía incapaz de llegar a una conclusión. ¡Aquel relato era tan fantástico e increíble, y la manera de narrarlo tan creíble y serena! Permanecí desvelado la mayor parte de la noche pensando en aquello. Decidí volver al día siguiente y ver de nuevo al Viajero del Tiempo. Me dijeron que se encontraba en el laboratorio, y como me consideraban de toda confianza en la casa, fui a buscarle. El laboratorio, sin embargo, estaba vacío. Fijé la mirada un momento en la Máquina del Tiempo, alargué la mano y moví la palanca. A lo cual la masa rechoncha y sólida de aspecto osciló como una rama sacudida por el viento. Su inestabilidad me sobrecogió grandemente, y tuve el extraño recuerdo de los días de mi infancia cuando me prohibían tocar las cosas. Volví por el corredor. Me encontré al Viajero del Tiempo en la sala de fumar. Venía de la casa. Llevaba un pequeño aparato fotográfico debajo de un brazo y un saco de viaje debajo del otro. Se echó a reír al verme y me ofreció su codo para que lo estrechase, ya que no podía tenderme su mano.

—Estoy atrozmente ocupado —dijo— con esa cosa de allí.

—Pero, ¿no es broma? —dije—. ¿Viajaba usted realmente a través del tiempo?

—Así es, real y verdaderamente.

Clavó francamente sus ojos en los míos. Vaciló. Su mirada vagó por la habitación.

—Necesito solo media hora —continuó—. Sé por qué ha venido usted, y es sumamente amable por su parte. Aquí hay unas revistas. Si quiere usted quedarse a comer, le probaré que viajé a través del tiempo a mi antojo, con muestras y todo. ¿Me perdona usted que le deje ahora?

Accedí, comprendiendo apenas la importancia de sus palabras; y haciéndome señas con la cabeza se marchó por el corredor. Oí la puerta cerrarse de golpe, me senté en un sillón y cogí un diario. ¿Qué iba a hacer hasta la hora de comer? Luego, de pronto, recordé por un anuncio que estaba citado con Richardson, el editor, a las dos. Consulté mi reloj y vi que no podía eludir aquel compromiso. Me levanté y fui por el pasadizo a decírselo al Viajero del Tiempo.

Cuando así el picaporte oí una exclamación, extrañamente interrumpida al final, y un golpe seco, seguido de un choque. Una ráfaga de aire se arremolinó a mi alrededor cuando abría la puerta, y sonó dentro un ruido de cristales rotos cayendo sobre el suelo. El Viajero del Tiempo no estaba allí. Me pareció ver, durante un momento, una forma fantasmal, confusa, sentada en una masa arremolinada —negra y cobriza—, una forma tan transparente que el banco de detrás con sus hojas de dibujos era absolutamente claro; pero aquel fantasma se desvaneció mientras me frotaba los ojos. La Máquina del Tiempo había partido. Salvo un rastro de polvo en movimiento, el extremo más alejado del laboratorio estaba vacío. Una de las hojas de la ventana acababa, al parecer, de ser arrancada.

Sentí un asombro irrazonable. Comprendí que algo extraño había ocurrido, y durante un momento no pude comprender de qué se trataba. Mientras permanecía allí, mirando aturdido, se abrió la puerta del jardín, y apareció el criado.

Nos miramos. Después volvieron las ideas a mi mente.

—¿Ha salido su amo... por ahí? —dije.

—No, señor. Nadie ha salido por ahí. Esperaba encontrarle aquí.

Ante esto, comprendí. A riesgo de disgustar a Richardson, me quedé allí, esperando la vuelta del Viajero del Tiempo; esperando el segundo relato, quizá más extraño aún, y las muestras y las fotografías que traería él consigo. Pero empiezo ahora a temer que habré de esperar toda la vida. El Viajero del Tiempo desapareció hace tres años. Y, como todo el mundo sabe, no ha regresado nunca.

EPÍLOGO

No puede uno escoger, sino hacerse preguntas. ¿Regresará alguna vez? Puede que se haya deslizado en el pasado y caído entre los salvajes y cabelludos bebedores de sangre de la Edad de Piedra sin pulimentar; en los abismos del mar cretáceo; o entre los grotescos saurios, los inmensos animales reptadores de la época jurásica. Puede estar ahora —si me permite emplear la frase, vagando sobre algún arrecife de coral Oolítico, frecuentado por los plesiosauros, o cerca de los solitarios lagos salinos de la Edad Triásica. ¿O marchó hacia el futuro, hacia las edades próximas, en las cuales los hombres son hombres todavía, pero en las que los enigmas de nuestro tiempo están aclarados y sus problemas fastidiosos resueltos? Hacia la virilidad de la raza: pues yo, por mi parte, no puedo creer que esos días recientes de tímida experimentación de teorías incompletas y de discordias mutuas sean realmente la época culminante del hombre. Digo, por mi propia parte. Él, lo sé —porque la cuestión había sido discutida entre nosotros mucho antes de ser construida la Máquina del Tiempo—, no pensaba de forma optimista acerca del progreso de la humanidad, y veía tan solo en el creciente acopio de civilización una necia acumulación que debía, inevitablemente, venirse abajo al final y destrozar a sus artífices. Si esto es así, no nos queda sino vivir como si no lo fuera. Pero, para mí, el porvenir aparece aún oscuro y vacío; es una gran ignorancia, iluminada en algunos sitios casuales por el recuerdo de su relato. Y tengo, para consuelo mío, dos extrañas flores blancas —encogidas ahora, ennegrecidas, aplastadas y frágiles— para atestiguar que, aun cuando la inteligencia y la fuerza habían desaparecido, la gratitud y una mutua ternura aún se alojaban en el corazón del hombre.

ÍNDICE